代替伴侶

白石一文

筑摩書房

目次

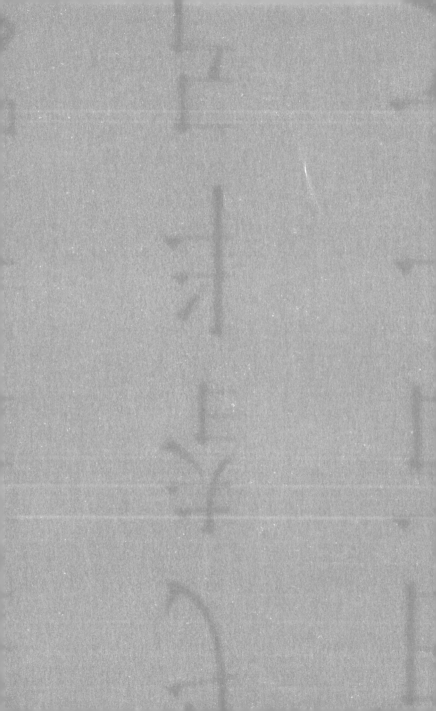

代替伴侶

「地球人口爆発宣言」

その日は午後に予定していたクライアントとの打ち合わせが流れてしまい、隼人《はやと》は早めにオフィスを出た。こういうときはゆとりに連絡して外で食事をすることもあるのだが、今夜は取引先への接待だと言っていたから、そういうわけにもいかなかった。

自宅の最寄り駅の駅ビルにある食品スーパーで食材を買って、午後六時過ぎに帰宅。

ここ半月ばかり多忙で手つかずになっていた書斎の掃除を済ませると、七時前に夕食の支度にとりかかった。

北海道産のウニが安売りになっていたので、イカの刺身とたらこと一緒に買ってきた。それで、ウニとイカとたらこのパスタを作る。あとは野菜サラダとチーズ。

そろそろ賞味期限が切れるチーズが二個あったので両方ともスライスして皿に並べ、黒コショウとオリーブオイルをたっぷりかけて一品とした。

妊娠を望む女性が摂取した方がいい食品――肉、魚、卵、乳製品はいつも冷蔵庫に山ほどストックしてあるのだが、卵と乳製品は冷凍に向かないため消費期限に追われることになる。ことにチーズが大好物のゆとりは買い過ぎて余らせることがしばしばで、そういう場合は、隼人が期限切れ間近のチーズをせっせと消化する羽目になるのだった。

白ワインを一本開けて、大きめのワイングラスになみなみと注ぐ。

グラスと野菜サラダ、チーズをダイニングテーブルに用意したあと、パスタを茹《ゆ》で始めた。そのあいだにフライパンでたらことバターを熱してソースをつくる。茹で上がったリングイネをソースに投入し、イカの刺身とウニを加えて素早く混ぜ合わせて塩こしょうで味をととのえる。イカの色が白く変わったところで火を止め、フライパンのなかの麵をトングで皿にこんもりと盛り付ける。

そこへ大量のきざみ海苔《のり》を振ったら出来上がりだ。

大きな皿とフォークを一緒に運んで、テーブルの席に着いた。

たっぷりのワインに一口つけて、「いただきます」と手を合わせてのちフォークを手にした。

パスタは頰張るとバターの香りとたらことウニの味、イカの食感が口のなかに広がり、食欲中枢をたちまち刺激する。

半分ほど一息に食べ進め、まだたっぷりと残っているワイングラスを持ち上げた。

こんなふうにグラスめいっぱいにワインを注げるのはゆとりのいないときだけだ。彼女に見つかれば「ちょっと、それ飲み過ぎ」と必ず注意される。

「そろそろ私、赤ちゃんが欲しい」

そう告げられたのは、二年半ほど前。ゆとりがもうすぐ二十七歳になるというときだった。三歳年長の隼人は三十歳になっていた。結婚から丸三年。彼にも異存はなく、それからは避妊をやめてセックスの回数も増やした。

子どもを作るためのセックスを心理的にいかに受け止めるかは人それぞれだろう。隼人の場合は、愛する妻に自分の子を孕《はら》ませる――という行為は性的興奮をかなり強く昂進させるものだった。

――やっぱり、これが本物のセックスなんだ……。

頭ではなく肉体でその事実を知ったような気がした。

半年、そうやって頻回に交わったが、ゆとりは妊娠しなかった。

「ねえ、一緒に病院に行こうよ」

彼女に誘われて検査を受けに行った。

国連が「地球人口爆発宣言」を行なったのがいまからほぼ半世紀前。

それから十年の経過期間を経て、世界中のほとんどの国で、持てる子どもの数は一人とされ、体外受精などの不妊治療は特例を除いて認められなくなってしまった。

日本でも、いまや総人口の半数に達した海外にルーツを持つ日本人にしろ、隼人たちのような土着の日本人にしろ、一般的な夫婦の場合、自然妊娠以外での子作りは不許可だ。もちろん「体外受精」のブラックマーケットも存在するにはしたし、不妊治療を認めている数少ない国（CBH―チャイルドバース・ヘブン）のどれかに移り住んで、そこで出産、子育てをするカップルもいるにはいた。

だが、闇市場での「体外受精」には法外な費用がかかり、露見すれば強制堕胎が待ち受けている。無事に出産まで漕ぎ着けたとしても、不法出産と認定されれば生まれた子どもは剝奪され、両親は逮捕されて十年以上の服役を余儀なくされる。

CBHへの移民の場合も、子どもが生まれると親子全員が国籍を取り消され、二度と日本に帰国することはできなくなる。闇出産にしろ移民にしろ、コストとリスクの面で到底割りに合うものではなく、そのような事案は毎年数例にも満たないと言われていた。

産婦人科医院での「妊娠能チェック」の結果は、かなりシビアなものだった。ゆとりにも卵管に多少の問題はあったが、隼人の方がはるかに深刻だった。「乏《ぼう》精子症」――しかも「無精子症」にかなり近い状態と宣告されたのだ。

初回検査時の一ミリリットルあたりの精子数は一千万ちょっと。その後、さまざまな生活習慣の改善を行ないつつ数回にわたって検査を繰り返したのだが、結果はさほど大きく変わらなかった。

ちなみに、精子数の下限基準値は一ミリリットルあたり千六百万。これは妊娠が成立したなかで最も少なかった事例で、自然妊娠を目指すとなると、運動率にもよるが一ミリリットルあたり最低四千万〜五千万匹の精子数が必要だとされている。

「精子の数は足りませんが、運動性になんら問題はありません。むしろ一匹一匹の精子は通常の方より元気なくらいです。少数精鋭と言っても過言ではない。なので、あまり悲観せず、お二人の体調をしっかりと整えて、ジャストタイミングで受精を果たすよう努力するのが一番だと思いますね」

気休め半分ではあろうが、担当医はそう言って励ますことも忘れなかった。

禁酒は初回の検査結果が出た直後から始めた。

女性と違って、男性のアルコール摂取は妊娠に大きな影響を及ぼさないといわれている。だが、そのデータはあくまで〝通常〟のカップルの場合であって、隼人のような「乏精子症」の男性においてアルコールがどのように生殖能力に影響を与えるのかは分かっていない。また「アルコールの過剰摂取」と妊娠との関係についても確たる研究報告は行なわれていなかった。

というわけで、「体外受精」が認められていた時代の注意事項である、

〈女性は禁酒、男性については毎日缶ビール一本程度。基本的には禁酒が望ましい〉

が現在も妊娠を望む夫婦に対して求められているのだった。

検査結果を知ってから一年、隼人はゆとりと同じようにアルコールは一口も口にしなかった。

だが、ゆとりが妊娠することはなかったし、精子数の増加にもさしたる効果は得られなかった。

ちょうど一年経ったところで、隼人は、

「さすがにこれ以上は無理だよ。こんなの却《かえ》ってストレスな気がする」

とゆとりに文句を言った。

隼人は酒が大好きで、そこはゆとりにも重々分かっていたのだ。

「そうだね……」

ゆとりは曖昧に頷《うなず》いたが、翌日ひとりで産婦人科医のところへ相談に出かけた。

ワインならグラス一杯、缶ビールなら一本、日本酒ならお銚子一本——それくらいであれば構わないでしょうと医師は理解を示したようだった。

そうやってアルコール解禁になってすでに一年。

徐々に酒量は増えているが、最近のゆとりはもうあまりうるさくは言わなくなっていた。それでも、彼女の前でここまでなみなみとグラスにワインを注ぐのは憚《はばか》られる。

ゆとりだって妊娠を希望するようになるまではよく飲んでいた。その彼女がいまも厳格に禁酒を守っているのだ。隼人だけが羽目を外すわけにもいかなかった。

夕食を食べ終え、多めのワインに酔い心地になって、ふと、正面の壁に掛けてあるカレンダーを眺めたところで、

——しまった。

隼人は大事なことに気づいたのだった。

明日の土曜日は、月に一度の遠山先生の鍼《はり》治療の日だった。

広告代理店に勤務するゆとりは、建築デザイナーの隼人とは比べものにならないほどの人脈の持ち主で、遠山先生とも、とある大企業の幹部の紹介で知り合ったのだった。その幹部自身が三十代の頃、なかなか妊娠できず悩んでいたとき、

「この先生の鍼でたくさんの患者さんが妊娠しているらしいよ」

と大学時代の友人に勧められて治療を受け、一年ほどで妊娠することができたのだという。

「私なんて、もう四十手前だったけど、あなたはまだ三十歳にもなっていないんだもの。きっとあっと言う間にできちゃうよ」

と彼女に言われ、隼人も一緒に月に一度の鍼治療に通い始めた。

先月で半年。明日で七回目の鍼だった。

遠山先生の治療院は八王子市の外れなので、豊洲《とよす》のこの家からだと電車とバスを乗り継いで片道一時間半。治療時間も入れると往復で四時間以上がかかる半日仕事だった。明日はたまたま土曜日で、隼人もゆとりも都合がつけやすいが、平日しか予約が取れないときは、同時に半休を得るためのやりくりが大変ではある。

だが、遠山先生の鍼の効果はてきめんだった。

三度目の治療が済んだところで、

「そろそろおふたりとも検査を受けてみて下さい」

そう言われて病院で調べたところ、隼人の精子数が急上昇していたのだ。一ミリリットルあたり三千二百万。なんと三倍以上に増えていた。驚いて治療院に連絡すると、

「そうですか。あと三ヵ月もすれば正常値になると思います。もう少し治療をつづけましょうね」

遠山先生は淡々としたものだった。

明日の七回目の治療を終えたところで、改めて検査を受けようとゆとりと話していた。ただ、鍼治療を受けるにあたって、一つだけ先生から受けた注意事項がある。

「治療当日は、お風呂と飲酒は必ず控えて下さい。飲酒については前日から控えた方が治療効果が上がります」

それなのに、うっかりワインを飲んでしまった。それも普段の倍くらいも……。

隼人はバネ仕掛けのように椅子から立ち上がり、テーブルの上の皿やグラスをキッチンに運び、急いできれいに洗った。皿やフォークは乾燥器に入れたままにして、ワイングラスだけしっかり拭いて食器棚に戻す。

時刻は午後八時。取引先の接待だから、ゆとりの帰宅まではまだ時間がある。

六月に入ってからはもっぱらシャワーで済ませていたのだが、今夜は風呂を沸かそう。熱い湯に浸かって汗と一緒にアルコールを完全に抜いてしまえばいい。

むろん先生の言いつけを守って、治療効果を引き出したいという思いもある。

だが、一番気になるのは、ワインを飲んだ事実がゆとりに露見することだった。もしそんな事態になれば、彼女が一体どれほど怒り、落胆し、悲しむか——ちょっと想像しただけでも背筋に冷んやりしたものが走る。

生物学的夫婦関係の優越

風呂から上がって脱衣所で身体を拭いていると玄関のドアが開く音が聞こえた。

洗面台の時計の表示は午後八時四十五分。

ゆとりが帰ってきたのだろう。が、ずいぶんと早い。普段の接待であれば帰宅は午後十時、十一時になるのが通例だった。

——間一髪……。

隼人は、胸を撫でおろす。

急いで風呂を沸かし、しっかり湯船に浸かって汗を流した。もう身体のどこにもアルコールは残っていない。迅速な行動が危機を救ったというわけだ。

「隼人君、シャワー?」

浴室のドアをノックする音がして、つづけてゆとりの声。

「久しぶりにお風呂を沸かしたんだ。上がって身体を拭いているから、ちょっとだけ待って」

と言ったあと、

「早かったね」

と付け加える。

「分かった」

ゆとりは、それだけ言ってドアの前から離れていった。

バスローブを羽織り、髪を簡単に乾かして浴室を出た。リビングを覗くと、ゆとりがダイニングテーブルの前の椅子に座ってじっとしている。

「ごめん。どうぞ」

「ただいま」

彼女はややちぐはぐなセリフを口にして椅子から立ち上がった。

「お風呂だったら、私もいま入ってくるね。ちょっとだけ雨に濡れたし」

と言う。

「雨だったの?」

そういえば昨日の天気予報で夕方から小雨が降るかもしれないと言っていたのを隼人は思い出した。

「駅を出たら降ってた。でも、大丈夫」

ゆとりはそう言いながら、隼人の脇をすり抜けて、浴室へと消える。

明日の遠山先生の治療を見越して、会食を自分だけ先に切り上げてきたのだろう。

隼人は寝室で部屋着に着替え、リビングに戻る。三年前に購入したこの豊洲のマンションは2LDKで72平米。リビング、寝室、それに共用の書斎という間取りだ。書斎はいずれ子ども部屋にするつもりだが、いまはパーテーションで区切って、それぞれのデスクを置いている。といっても、建築デザイナーの隼人の方がずいぶん多めにスペースを使っているのだった。

購入に際しては、隼人の実家から頭金を出して貰い、ローンも隼人が組んだので所有権は彼にあった。

三十分もすると、ゆとりも着替えてリビングに来た。

「コーヒーでいい？」

キッチンに立って隼人は自分の分のコーヒーの準備をしていた。

「うん。今日は一杯しか飲んでいないから」

コーヒーの摂取に関しても、「爆発宣言」以前のデータが存在していて、それによると、一日二杯までなら妊娠率に影響を与えないのだという。ゆとりはこの〝教え〟に忠実に従って、大好きなコーヒーも決して一日二杯を超えては飲まないようにしている。

ゆとりの分も淹《い》れて、二つのカップを持ってダイニングテーブルに戻る。いつものように隼人が窓側、ゆとりがアイランドキッチン側に腰を下ろした。

ゆとりはカップを持ち上げて一口すする。それをテーブルに戻して、小さく息を整えるような仕草をした。

「隼人君、実は大事な話があるの」

その改まった雰囲気から、隼人は、やはりそういうことかと察しをつける。帰宅したときからゆとりはいつもと違う様子だった。

この一月に、ゆとりはそれまで所属していた営業セクションから別のセクションに異動になった。そこの女性上司と反《そ》りが合わずずっと悩んでいたのだ。

「やっぱり仕事を辞めて子作りに専念した方がいいのかな」

ちょうど一ヵ月ほど前、そんな弱気な言葉を彼女が洩《も》らし、隼人は何も口を挟まなかった（というより耳に入らなかったふりをした）のだが、いずれ、何かのきっかけを見つけて会社を辞めたいと言い出すような気がしていた。

もちろん、そうなったら喜んで妻の選択を受け入れようと決めていたのだ。

「なに？」

隼人はさりげない口調を心がけながら訊いた。

ここ数日のあいだに、決断のきっかけになる何らかの決定的な出来事が上司とのあいだにあったのだろう。

ゆとりは眉間になぜか深い皺《しわ》を一度作り、それから今度は大きく息を吸うようにして背筋を真っ直ぐに伸ばした。

「びっくりしないで聞いて欲しいの」

彼女は言った。

「実は、私、赤ちゃんができたみたいなの」

隼人にとっても、それは待ち焦《こ》がれていたはずの一言だった。が、目の前の妻の瞳には喜びの光は微塵《みじん》も浮かんではいなかった。

ゆとりは手元のカップに視線を移し、しばしの間を置いてからカップを持ち上げた。俯《うつむ》きがちにコーヒーをすすり、テーブルにカップを戻す。ふたたび彼女は隼人を見る。

「隼人君、ごめんなさい」

声が詰まって聞き取りづらい。何事にもきっぱりした性格の彼女にしてはめずらしかった。

――これって幸せな報せではないんだ……。

隼人は、明らかに奇妙な妻の態度を眺めながら、そんな言葉を脳裏に浮かべる。

「ごめんなさい。隼人君の子どもではないの」

さすがに視線を逸《そ》らすことはせず、今度ははっきりとした口調で彼女は言った。

その夜、ゆとりは必要な荷物を大きなキャリーケースに詰めて、小ぬか雨の中を出て行った。もちろん新しい恋人の部屋へと向かったのだ。

「爆発宣言」以降、夫婦関係の規範には大きく変化した部分がある。

自然妊娠しか許されない世界において、夫婦の片方に不妊症が認められると、それは決定的な離婚事由となった。遠い昔、「嫁して三年、子なきは去る」ということわざがあったらしいが、要するにそれを地で行くような現実が生まれたのだ。いまの世界では当然ながら妻だけでなく夫の不妊症も離婚の理由になる。

そうした意味では、隼人が受けた「無精子症にかなり近い乏精子症」という診断は、離婚事由とならないよう医師が配慮した診断名でもあった。「無精子症」とされれば一発アウトだからだ。「爆発宣言」後に制定された新民法下では「生物学的な夫婦関係」が「戸籍上の婚姻関係」に優越すると明記されている。つまり、ゆとりが新しい男との子どもを出産した時点で、「離婚を拒絶する権利」は隼人から奪われてしまうのだ。

そのような背景もあって、別の男の子どもを妊娠した、と告白したゆとりが、深い懺悔《ざんげ》の言葉を残すでもなくさっさと〝ほんとうの父親〟のもとへと去って行ったのはさほど不道徳でも非倫理的な行為でもなかった。結婚の是非が生殖能によって判定される世界では、かつてはあった「不倫」という言葉はすでに死語に近くなっている。

ただ、それはあくまで形式上のことであって、ゆとりに全幅の信頼を寄せ、こんな手ひどい裏切りに遭うなどとは思ってもみなかった隼人にとっては、彼女のあまりに非道で残酷な仕打ちはその心に生涯消せないほどの深い傷を残したのである。

代替伴侶

後日判明したのだが、相手はゆとりの高校時代の一年先輩だった。テニスサークルで一緒だったらしく、営業の別のセクションに異動してすぐに偶然、再会したようだ。〝先輩〟は、ゆとりが新しく担当することになった飲料メーカーの相手側担当者を務めていたのだという。

隼人は断固として離婚を拒否した。

ゆとりの代理人からは、「奥様は、出産する前に父親となる男性ときちんとした婚姻関係を結びたいと希望されています」と何度も話し合いの提案があり、具体的な条件提示（主に金銭の補償）もなされたのだが、一切取り合わなかった。

ゆとりが出て行って八カ月後、彼女は無事に出産した。この出産の報を受けて、隼人はようやく離婚に向けた話し合いに入った。彼には条件闘争で離婚協議を長引かせることはできても、もはや離婚を拒絶する権利は与えられていなかったのだ。

離婚協議と並行して人権救済委員会に「代替伴侶」の申請を行なうことにした。このままゆとりの一方的な身勝手を許してしまうのはどうしても嫌だった。隼人は弁護士で、大学時代の友人である佐伯《さえき》博満《ひろみつ》と相談して、長文の申請書を委員会に提出した。自分がいかに妻を愛していたかを縷々《るる》書き連ね、彼女を失ってしまうことでどれほどの精神的打撃を受けてしまうかを切々と訴えた。

佐伯が用意してくれた精神科医の診断書も添付しておいた。

審査は思ったよりもスムーズに進んだようだ。四カ月後、委員会は特例救済措置として十年間のアンドロイド製「代替伴侶」の無償貸与を決定し、有責配偶者であるゆとりに対して「代替伴侶」への〝記憶複写（Memory Copying）〟を命じたのだった。

記憶複写の当日、ゆとりの目の前で離婚届に署名するとき、隼人はさりげなくこう言った。

「僕が乏精子症だということは新しい妻には知られたくないんだ。だから、その部分のきみの記憶だけは複写しないようエンジニアに頼んで欲しい。あんなつらい思いは二度とごめんだからね」

ゆとりは少しのあいだ、隼人の顔を見つめ、

「そうね」

と頷く。

「約束してくれる？」

念には念を押しておいた。

「約束するわ」

憐れむようなまなざしになって、彼女はもう一度頷いてみせたのだった。

卵管狭窄

「思い切って遠くの町に引っ越さないか？」

隼人が不意にそう言ったのは、ゆとりが自分の分のカレーをよそった皿を持って席に着いた直後だった。隼人の方はもう半分くらい食べ終えている。手元のソーダ水を一口飲んで、グラスをテーブルに戻すと、彼はいきなりそう口にしたのだった。

「遠くの町に引っ越す？」

ゆとりは頭の中で隼人の言葉を反芻《はんすう》し、わずかに間を置いて、それを声にした。

「どこに？」

「どこだっていいさ。イメージとしては大阪より西の温暖な町で、近くに温泉があったりするといい」

「だけど……」

この豊洲のマンションは隼人が四年ほど前に購入した持ち家だった。リビングダイニングに寝室、それに共用の書斎にしている部屋が一つの2LDK。パーテーションで区切ってそれぞれのデスクを置いている書斎は、いずれ子ども部屋になるはずだった。

「この家はどうするの？」

「私の仕事は？」と真っ先に口にできない自分が歯痒《はがゆ》かった。

「賃貸に出せばいい。その家賃で、毎月のローンと新しい町に借りる部屋の家賃、両方とも賄《まかな》えると思うよ」

大阪より西の温泉のある町――豊洲は都内でも有数の人気エリアだ。新築で入居したこの部屋はまだ築四年あまり。確かに賃貸に回せば、隼人の月々のローンのみならず、そんな田舎町で部屋を一つ借りるくらいの金額は確保できるかもしれない。

――この人は、きっともう候補の町も幾つか見つけているんだろう……。

何事にも計画的な夫の顔を見ながらゆとりは思う。そういう丹念な性格は建築デザイナーという仕事には向いているのだろう。一緒になった頃から「いつでも独立できる」と言っていたから、移住を機に自前の事務所を持つつもりに違いなかった。

——彼のような仕事ならば、日本中、どこに住んでいても続けていける。でも、私は違う……。

そんなことは充分に理解した上での隼人の提案であるのは分かっていた。

「だいぶ元気になったとはいえ、きみのためにもそうした方がいいと思うんだ。温泉町にでも移り住んで、毎日、温泉に浸かっていれば卵管の問題も解決するんじゃないか」

彼はそこまで話すと、スプーンを手にして残ったカレーを片づけにかかった。

ゆとりも自分の皿に集中する。

一昨年の初めにいまの営業セクションに異動になった。上司は女性で、自分より五歳年長だったが、非常に癖《くせ》の強い人物だった。どこがどうというのではないが、ゆとりは彼女とは反りが合わなかった。

いままで人間関係で困ったことはなく、友人や同僚たちが学校や職場での人付き合いに悩んでいるのを見て、いつも不思議に感じていた。そんなことが自分の身に降りかかってくるなんて思いもしていなかった。

一年ほど前（あれは遠山先生の鍼にまだ通っていた時期だった）、新しいプロジェクトの件で上司と対立し、のっぴきならない状況に陥った。一度、隼人に「やっぱり仕事を辞めて子作りに専念した方がいいのかな」と洩らしたことがあったくらいだ。

両方の卵管に狭窄《きょうさく》が認められ、ずっと悩んでいた。

隼人には「狭窄といっても、普通よりちょっと細いくらい」と誤魔化して報告していたが、

「妊娠不可能ではないですが、軽い狭窄というわけでは決してありません」

実際は医師からそのように宣告されていたのだ。

隼人の身体には何の問題もないのだから、不妊の原因はすべてゆとりの側にあった。そんななかでの二年に及ぶ〝仕事と子作りの二正面作戦〟に自分で感じている以上に疲れていたのだろう。

友人のツテを頼って、もぐりで通水治療をやっている産婦人科医のもとへも通っていた。「地球人口爆発宣言」以降、一切の不妊治療は認められていないため、治療としての卵管通水は違法なのだが、「検査」の名目で実施する医者もいるにはいるのだ。もちろん隼人には内緒だった。

〝検査費〟（自由診療）は法外で、一回の処置で十万円。間を置いて三度繰り返したが、効果は見えなかった。そういう失望が上司と揉めている時期と重なったせいもあって、「子作りに専念」との思いにふと駆られたりもしたのだ。

それからほどなく、八王子の遠山先生が突然、渡米してしまった。

一人息子がアメリカでスポーツトレーナーになっていて、向こうのプロ・アスリートたちの治療を一緒に組んでやりたいとせがまれたのだ。若いときに妻が出奔《しゅっぽん》し、父子ふたりで生きてきた先生は、母親のいない苦労を強いた息子の願いを断れなかったようだ。

「こんな急なことになって申し訳ない」

そう言って頭を下げてくれたが、この件もゆとりには大きな痛手だった。

先生の鍼治療は、卵管狭窄を克服する最後の希望だったのだ。

そんな折、仕事帰りに雨に降られた。

といっても小ぬか雨で、駅からこのマンションまでの五分ほどの道のりを傘無しで歩くくらい何でもなかった――はずだった。

ところが次の日、朝から熱が出た。頭痛もひどかったが無理を押して出勤した。その晩、熱は四十度を超える高熱になり、心配した隼人が大きな病院の夜間救急に連れて行ってくれた。肺のCTで肺炎が見つかり、それも両肺に大きく広がっていて、緊急入院となってしまった。

耐性菌によるものだったらしく、肺炎の治療は想像以上に時間がかかった。

肺の画像がすっかりきれいになって退院するまで一ヵ月以上も入院する羽目になったのだ。

その後も体調はすっきりしなかった。会社には通ったが、それまでなら何でもなかった仕事でいちいち手間取ったり、細かなミスを連発した。自分でも不思議なくらいだったが、上司はそういう変化を見逃さなかった。あれこれ注意をしてきて、尚一層、彼女の存在に耐えられなくなった。

丸々一ヵ月間、それでも我慢をして、人事部に配置転換を願い出た。元のセクションに戻して欲しいと希望したのだ。

人事部は了解してくれたが、異動時期である一月まで待って欲しいと言われた。

「それまで休職して貰っても構わないから」

そう告げられて、却って心が挫《くじ》けてしまった。

異動まで我慢して出社するつもりだったのが、人事と面談した日の翌朝、目覚めてもベッドから起き上がることができなかったのだ。

結局、一月の異動にも間に合わず、ずるずると休職期間が延びている。すでに六月。肺炎で入院してからちょうど一年が過ぎた。先週の人事との話し合いでは、来月七月一日付けの復帰を強く促《うなが》された。要するに、「もうこれ以上は待てない」というわけだった。むろんその提案を受け入れたし、目下の体調に鑑《かんが》みれば不可能ではないと思う。ある程度の自信はあった。

こうして昨年九月から十カ月間、はしなくも心身を休めることができて、それが妊娠という望外の成果につながるのではないかと密かに期待していた部分もある。だが、そんなうまい話があるはずもなかった。

十二月には三十一歳になる。子どもを作るのであれば、もう待ったなしの状況だ。

「私の会社は？」

カレーを食べ終えて、ようやくその一言をゆとりは口にした。

「辞めてくれないか」

隼人がはっきりと言った。

「僕ももう三十四だしね。そろそろ独立したいし、子どもを持つにしても早い方がいい。それに
……」

そこで彼は一度、言葉を区切る。

「それに独立したら、いろんな形できみにも僕の仕事を手伝って欲しい。子どもが生まれたらふたりで一緒に育てていきたいんだ」

隼人は穏やかな面持ちで言った。

だが、その口調には有無を言わせぬものがある。

DNA鑑定

ゆとりたちが移り住んだのは、岡山県の美作武蔵町《みまさかむさし》だった。岡山市内から車で一時間半。「ひなびた」という言葉がこれ以上ないほどしっくりくる、静かな山あいにたたずむ温泉町だった。

隼人がこの町を選んだ一番の理由は、ネット環境の充実ぶりだ。

美作武蔵町の町長である宗形賢一郎《むなかたけんいちろう》氏は、大阪のITベンチャーの創業者で、その彼が七年前に会社ごと故郷の武蔵町に移り住み、私財を注ぎ込んで町全体のネット環境を最先端のものに塗り替えたのだった。宗形氏は、翌年には町長選挙にも出馬。見事当選して、現在は町長としても辣腕《らつわん》をふるっている。

隼人はネットの記事で、この宗形氏のインタビューを読み、すっかりほれ込んで自分も武蔵町に移住すると決めたのだった。

例によって隼人の行動は迅速だった。

ゆとりから「イエス」の返事を貰うと、すぐに岡山に飛んで現地入りし、高速の乗り口に近い町外れの一軒家を借りて帰ってきた。それから三ヵ月近く、何度も武蔵町に通って借家のリフォームを進め、その間に宗形町長とも面識を得て、やがてすっかり仲良しになっていた。

九月の終わり、家が整うと同時にゆとりたちは引っ越した。山あいの町は暑くも寒くもなく、終日、みずみずしく濁りのない空気に満ちていた。

食べ物も想像以上に美味しかった。畑や山のものはもとより、温泉旅館が建ち並ぶ町だけあって新鮮な瀬戸内の海産物もスーパーで手軽に買うことができた。

東京にいるときは仕事を辞めることへの抵抗感をどうしても払拭できなかったゆとりだが、実際に武蔵町に住み始めてみると、それまで肩ひじ張って生きてきた自分という存在を外側からちょっと憐れむような目線で眺められるようになった。

「ずっとじゃないんだ。子どもが生まれて、進学が視野に入ってきたらまた東京に戻ろうよ」

隼人は口癖のように言い、最初はそれがゆとりにとっての慰めでもあったのだが、そのうち東京に戻るという気持ち自体が自分の中でだんだん薄れているのを自覚するようになったのだった。

ただ、妊娠はしなかった。

移住の大きな目的はそれだったので、ゆとりも隼人もせっせと町中にある温泉施設に通い、身体によいものを口にし、排卵日にあわせて交わり、温暖な土地でやすらかに暮らした。

だがなかなか結果はついてこない。

隼人の仕事の方は順調で、ことに宗像町長と親しくなったのが飛躍のきっかけになった。町長の関西人脈は手広く、しかも惜しげもなくさまざまな分野の人を紹介してくれたので、当然ながら仕事の注文も増えていった。建築デザイナーとしての隼人の技量はかなりのレベルで、業界でも評価の高い幾つかのコンペで受賞歴や入選歴もあった。発注したクライアントもその仕事には十分に満足してくれているようだった。こんな田舎町にいても、案件が途切れることはなかったのである。

ゆとりは事務所の経理や、請け負った仕事の見積書の作成などを引き受けたが、おおかたはAIがやってくれるので、最終チェックだけすれば充分だった。

隼人は月に二度か三度は大阪や岡山に出張した。

最初のうちは気晴らしも兼ねて二度に一度は同行していたが、半年もするとゆとりは留守番に徹するようになった。武蔵町でののどかな生活がそれほどに彼女にとって手放し難くなっていたのだ。

移住してちょうど一年が過ぎた九月の末。

今月三度目の大阪出張を終えて、隼人が帰ってきた。夕暮れ時の空が茜《あかね》色に輝く頃合いだった。

あまりの美しさに誘われ、庭に出て西の空を眺めていると、隼人の車が近づいてくるのが分かった。出張する際は、彼はいつも岡山空港の駐車場を使い、家と空港とを車で行き来していた。

　車の音を聞きつけてゆとりが庭から玄関前の駐車場へと回り込んでみると、隼人がちょうど運転席から降りてくるところだった。

「お帰り。早かったね」

と声をかける。なぜだか隼人は彼女の顔を見つけて、一瞬、息を詰めるような表情を見せた。

「ただいま」

　そう返すと、すぐに目を逸らしてトランクから荷物を取り出しにかかる。

「夕飯、オムライスでいい？　あとコロッケとか」

　隼人の帰りは遅くなると思っていたので、今日は冷蔵庫の残り物で自分の分だけオムライスを作ればいいとゆとりは考えていたのだ。手製のポテトコロッケは、隼人の好物なのでいつもたくさんこしらえて冷凍してあった。

「うん」

　それだけ言って、隼人はさっさと家の中へ入ってしまった。

　隼人がシャワーを使っているあいだに手早く二人分のオムライスを作り、コロッケを揚げた。

　ダイニングテーブルに差し向かいで、いつものように食事を始める。普段なら夕食のとき水代わりに必ず飲んでいるビールを今夜の隼人は飲まなかった。

ゆとりの方は子作りを始めてからはアルコールは一滴も口にしていない。もとは飲むのが好きな方だったので、禁酒を始めたときはつらかったが、いまでは目の前で隼人が飲んでいても欲しいとは思わなくなった。

食事を終えると、隼人が食器を洗ってコーヒーを淹れるのが日課だ。そのときデザートを添えることもある。最近は、ここから車で五分ほど行ったところにある「湯の里グランドホテル」のケーキやプリンが二人のお気に入りだった。

出張の帰り、ホテルに立ち寄って何か買ってくるのも隼人のルーティンだ。

それも今日はなかった。

二人分のコーヒーを淹れて隼人が席に戻ってくる。

「ありがとう」

ゆとりは自分の分を受け取る。

差し向かいでカップを持ち上げる。

「実は、きみに大事な話がある」

コーヒーを一口飲んだあと、カップをテーブルに戻して、隼人が言った。

「なに?」

隼人の眉間には深い皺ができている。そんな顔を見るのはめずらしい。

「びっくりしないで聞いて欲しい」

ゆとりも手にしていたカップをテーブルに置いた。

「実は、子どもができたんだ」

「子ども……」

ゆとりには、隼人が何を言い出したのか、うまく理解できない。「子どもができた」?――一体どこに、誰と誰とのあいだに?

そういう問いを発することさえ思いつかなかった。

呆気《あっけ》に取られるというのはこういうことなのだろうか。

「ゆとり、本当に申し訳ない」

隼人が一度深く頭を下げてみせる。顔を上げると眉間の皺が更に深くなっていた。

「少し前から付き合っている人がいたんだ。その人が妊娠した。実は今日、岡山まで連れて行って一緒に産婦人科医を受診した。妊娠は事実だった」

そう言うと、

「本当に申し訳ない」

隼人はふたたび頭を下げる。

「じゃあ、今日、大阪には行かなかったの?」

ゆとりが何とか絞り出した最初の一言はそれだった。

「うん。ごめん」

隼人がまた謝る。

「妊娠したのは、駒井《こまい》さんなんだ」

と彼が言った。

駒井彩里《さいり》――宗形町長の秘書で、町長が大阪から連れてきた女性だった。たしか町長の妻の姪っ子だったはずだ。ゆとりも何度か顔を合わせたことがあった。もとは宗形の会社で働いていて、会社の移転と共に美作武蔵町にやってきたのだが、現在は会社を離れ、特別職員として町役場で町長秘書を務めている。年齢は二十五歳くらいだろうか。

整った容姿だが、一番印象に残っているのはとにかく痩せていることだった。腕も足もまるで細枝のようなのだ。

「半年くらい前にひょんなことで彼女と関係を持ってしまった。といっても、その一度きりだったんだ。で、三ヵ月ほど前に大阪に行ったとき、たまたま同じ飛行機になった。彼女も大阪で仕事だったみたいだ。あのときは泊まりだったから夜、一緒に食事をして、酒を飲んで、それでついました……。こんなこと言い訳にもならないし、信じても貰えないと思うけど、そのたった二度だけだった」

――この人は一体何の話をしているのだろう？

ゆとりは不思議な心地で隼人の顔を見る。

これは何かの冗談なのか？　それともこの場面自体が自分の見ている悪夢なのだろうか？

「きみには本当に申し訳ないんだけど、こうなった以上は、僕は彼女と結婚するしかないと思っている」

今日、岡山市内の病院で妊娠検査を受けてきたということは、駒井彩里のお腹の赤ちゃんが隼人の子であると証明されたのだろう。

現在は、妊娠検査の段階で親子関係を明確にするためのDNA鑑定が必須《ひっす》となっている。といっても、父親と推定される男性の毛髪や皮膚の一部を提出すれば十五分程度で結果が出るのだから手軽なものだった。隼人も今日、鑑定を受けてきたに違いない。

また現行の民法では婚外子の出産は認められていなかった。

仮に婚外子を妊娠すれば強制堕胎、出産した場合は安楽死が義務付けられている。従って、不倫によって子どもを成した男女は共に配偶者とすみやかに離婚し、最低でも出産から一年以内に結婚しなくてはならない。逆に言うなら、そうやって離婚を切り出された側の配偶者には、その申し出を拒絶する権利がないのである。

駒井彩里は独身だから問題はないが、隼人の場合はゆとりとの離婚が不可欠となる。それが嫌ならば彩里に堕胎してもらうか、彩里が流産するのを待つしかなかった。

こうした過酷とも言える民法上の規定は、〝人口爆発の抑止〟と〝生命の尊重〟の両方をぎりぎり並立させるための苦肉の策とも受け止められている。

「いきなりこんな話を切り出されても、きみには何をどう考えていいのかきっと分からないと思う。正直なところ、僕もすごく困惑している。まさかこんなことになるなんて思いもしなかった。ずっときみと子作りの努力を続けてきて、でも、子どもはできなかった。きみの問題だけじゃなくて、僕にもきっと何か問題があるんだろうって気がしていた。身体の問題というより、僕自身の人生上の問題というか、運命的な問題というか、そういうのがあるんじゃないかって。だから、もし子どもができなくてもいいと思っていた。子どもなんていなくても、きみさえいてくれればいいって。だけど、現実はこんなふうになってしまった。僕は駒井さんのお腹に宿った我が子のいのちを無にすることはできない。だから、酷な言い方だけど、ここはきっぱりときみと別れて、彼女と一緒になるしかないと思っている。ゆとり、本当にごめん。会社まで辞めさせて、こんな田舎町に連れてきて、結局、きみをひとりぼっちにしてしまうことになった。本当にごめんなさい。もう何をどう詫びても許されるとは思っていないけど、離婚するにあたっては、できるだけのことはするつもりだ。豊洲のマンションは売って、それは全部きみへの慰謝料に充《あ》てようと考えている」

謝罪の言葉を挟みながら、隼人は落ち着いた口調で話していた。行動力に富んだ、いつもの「即断即決」の隼人がいる。

しかし、ゆとりにすれば彼のそんな言葉はどうでもよかった。

――あんな痩せっぽちな女でも身ごもることができるんだ……。

彼女は、駒井彩里の顔や身体つきを思い浮かべながらそう内心で呟く。

——なのに、この私は……。

そう思うと、彩里への強烈な嫉妬心と、隼人への激しい憎しみが、不意に胸底から湧き上がってくるのを感じた。

代替伴侶ふたたび

ゆとりには隼人の仕打ちがどうしても許せなかった。

密かに彩里と関係を持ち、避妊の配慮もしなかった。そして、彼女の妊娠が確定するとその日のうちにあっさりと離婚を切り出してくる——何年も卵管狭窄という劣等感を抱えて夫婦関係をつづけてきたゆとりにすれば、これは最低最悪な結末だった。

あんな告白をした次の日、隼人は荷物をまとめて家を出て行った。

どこへ行ったかは知らない。ただ、次の日、町役場に連絡して駒井彩里を呼び出すと、

「申し訳ありません。駒井は先週、退職しました」

と言われた。

二人で示し合わせて、さっさとこの町から逃げ出したのかもしれない。

町長の宗形にねじ込むことも考えた。だが、彼がどの程度事情を知っているのかも分からないし、知らぬ存ぜぬを決め込まれたら、こちらにはそれ以上突っ込むだけの材料はない。

かといって、このまま引き下がる気持ちには毛頭なれない。

離婚を拒絶することは法的に不可能だが、何か隼人に復讐する方法はないだろうか？

数日、様々な思案を巡らせて、ゆとりは一つの結論に達した。

人権救済委員会に「代替伴侶」の申請を行なうことにしたのだ。

彼女はさっそく上京して、大学時代の友人でいまは弁護士をやっている荒巻朋子《あらまきともこ》に相談を持ちかけた。朋子とは数年ぶりだったが、

「わかった。それくらいしないとゆとりの気持ちもおさまりがつかないよね」

すぐに協力を約束してくれた。一旦、ゆとりは武蔵町に引きあげ、それからは朋子とふたりで委員会宛ての申請書の内容をじっくりと煮詰めていったのである。

「それ、使えるかも」

と朋子が指摘したのは、大学時代に失恋のせいで一年間ほど患《わずら》った鬱《うつ》病だった。

「鬱病の既往歴があるのなら、今回もこんな形でいきなり夫を失うことによって病気の再発があり得るという診断書を書いて貰えばいいよ。それも、一番いいのは、その大学時代に診てくれた同じドクターの診断書ね」

そう言うと朋子はさっそく、かつてゆとりが世話になった心療内科医のもとを訪ね、首尾よく診断書を手に入れてきたのだ。

隼人が出て行って半年後、委員会は特例救済措置として十年間のアンドロイド製「代替伴侶」の無償貸与を決定し、有責配偶者である隼人に対して「代替伴侶」への〝記憶複写（Memory Copying）〟を命じたのだった。

記憶複写の当日、隼人の前で離婚届にサインするとき、ゆとりはさりげなくこう言った。

「私が卵管狭窄だということは新しい夫に知られたくないの。だから、その部分のあなたの記憶だけは複写しないようにエンジニアに頼んで欲しい。あんなつらい思いはもう二度としたくないから」

隼人は少しの間、ゆとりの瞳を見つめ、

「その通りだね」

と頷く。

「約束してくれる？」

念には念を押しておいた。

「もちろんだよ。約束する」

憐れむようなまなざしになって彼はもう一度頷いてみせた。

美作武蔵町の家を出たあと、隼人は大阪に向かった。

大阪城のすぐそばに彩里のマンションがあって、それは寝屋川《ねやがわ》に住む彼女の両親が娘のために買い与えた部屋だった。彩里は、妊娠に気づいた段階で仕事（町長秘書）を辞めて、そこに帰っていたのだ。

あの日、隼人は実は大阪に出向き、彩里と待ち合わせて市内の病院に行ったのだった。遺伝子検査を受け、彩里のお腹の赤ちゃんが我が子であることを確認した。

隼人が岡山の病院に行ったと嘘《うそ》をついたのは、彩里の現況をゆとりに覚らせないためだった。彩里は、妻のゆとりが自分に危害を加えるのではないかと恐れていたのだ。

実際、世間ではもう何十年ものあいだ、突然離婚を迫られた妻たちが身ごもった愛人に刃を向けるという事件が頻発していた。

ゆとりが代替伴侶であることは彩里に伝えていた。

アンドロイドのゆとりが人間に直接的な暴力をふるう心配はない。彼らはそのようにプログラム（良心回路設定）されているからだ。だが、直接的な暴力以外の行為まで抑制されているわけではなかった。彩里は、脅迫やいやがらせなどをゆとりが仕掛けてくるのを危惧《きぐ》したのだ。ゆとりが人間であろうがアンドロイド製の代替伴侶であろうが、今回の妊娠によって隼人を含めた三人が直面する状況に変わりはなかった。彩里にすれば、とにかく何としてでも隼人に離婚させて、自分との結婚を果たさせねばならなかった。でなければ、強制堕胎が待ち受けているのだ。

幸い、ゆとりから隼人や彩里に直接何かを言ってくることはなかった。居場所を見つけて乗り込んでくるとか、何度も電話を執拗《しつよう》にかけてくるとか、そういうことは一切なかったのだ。

大阪に一カ月ほど滞在して、彩里は寝屋川の実家に戻り、隼人は東京に帰った。豊洲のマンションは賃借人がちょうど退去した直後だったので、まずはそこで寝泊りしながら部屋の売却と新居探しを進めた。同時に、ふたたび弁護士の佐伯に頼んで、ゆとりとの離婚協議を開始することにしたのだった。

代替伴侶は、自分から夫や妻に対して離婚を望むことはないし、人間のように配偶者を裏切って、他の相手と肉体関係を結ぶこともなかった。だが、相手側の裏切りや離婚申し立てに対しては、人間の配偶者と同じように反応する。

なので、かつての自分がゆとりに対してそうであったように、今回の離婚交渉も相当に手こずるのではないかと隼人は予想していた。

ところが、ゆとりは離婚にはあっさりと同意したのだった。

ただ、一つ、彼女は想像だにしなかった行動に出た。

隼人の「代替伴侶」を人権救済委員会に請求したのである。

代替伴侶は、自分自身が「代替伴侶」であるとは認識できないようにプログラムされている。一方で、「代替伴侶」制度を理解できるし、代替伴侶がこの世界に存在していることも知っている。ただ唯一、自身が代替伴侶であるという自認のみが不可能なのだ。

「代替伴侶」として起動させたアンドロイドには、「アンドロイド製の配偶者に関する法律」（通称「代替伴侶法」）に則って人間とまったく同等の権利が認められている。

彼らは貸与期間が終わり（最大十年間）、人権救済委員会所管のコントロールセンターからの停止信号によって駆動停止が行なわれる寸前まで、完全に一個の人間としてこの社会で扱われる。自らがアンドロイドだという認識を持たずに使用されるアンドロイドに対して人間並みの人権が付与されるのは、〝人道上の見地〟からも当然の措置ではあろう。

彼らは人間として生きる。

わずか十年のいのちではあるが、人間と同じように考え、感じ、喜び、怒り、悲しみ、そして（相手を肉体的に傷つけない限度で）憎みながら生きていくのだ。

代替伴侶が別の「代替伴侶」の派遣を希望する――という事例はいまだかつて聞いたことがなかった。佐伯にも問い合わせてみたが、彼も寡聞にして知らないと驚いていた。

「だけど、まさか申請が認められることはないよね？」

隼人の問いに、

「まあ、申請書の内容次第だけれど、いまのゆとりさんはあくまで人間と同じ権利を有しているからね。滅多にないケースだとは思うけれど、申請が受け入れられる可能性はゼロとは言えないと思う」

佐伯はそう言った。

「じゃあ、ゆとりに代替伴侶が認められたら、僕は〝記憶複写（Memory Copying）〟に応じなきゃいけないってこと？」

「そうなるね。実際、きみだって離婚と引き換えにゆとりさんに〝記憶複写〟をやらせたんだから」

佐伯はいかにも弁護士らしい物言いをした。

そして、まだ彩里のお腹に赤ん坊がいる時点で、ゆとりの代理人弁護士から、人権救済委員会が代替伴侶の派遣を決定し、近く、委員会から〝記憶複写（Memory Copying）〟の要請が隼人宛てに行われる旨の通知が送られてきた。

その通知書を見て、隼人はさすがに唖然とさせられた。

自分がゆとりの代替伴侶を求めたのが二年半前。そして、いまその代替伴侶が今度は隼人の代替伴侶を請求し、それを手に入れようとしている。

ゆとりの代替伴侶と隼人の代替伴侶が夫婦として暮らすという奇怪な現実が、これから八年（ゆとりの代替伴侶はすでに一年十ヵ月の時を過ごしている）にわたってつづくのだ。

彼らは自分たちとは違って決して別れることはない。

隼人とゆとりの結婚生活は六年半だった。それより長い時間を、もう一組の自分たちが夫婦として生きる。

――まるで、これじゃあ、洒落《しゃれ》にならないパラレルワールドじゃないか……。

隼人はげんなりとした気分でそう思う。

「生活圏分離」

人権救済委員会から正式な召喚状が届き、〝記憶複写〟の日が四月七日と決まった当日、ゆとりから電話が入った。

スマートフォンに表示されたのは、武蔵町に住むゆとりのものではなく、今は母となり人妻となっている方のゆとりの電話番号だった。

あの〝記憶複写〟の日、目の前で離婚届に署名捺印して以来、ゆとりとは一度も話していなかった。彼女がどこに住み、何をしているのか隼人は知らない。唯一、共通の友人からのたよりで、ゆとりがいまも同じ広告代理店で働いているというのは耳にしていた。

隼人が代替伴侶を手に入れた時点で、彼には「生活圏分離」という代替伴侶法に基づく行動義務が課せられた。

これは、代替伴侶が、自分がそうであることを認識できないようにプログラムされているとはいえ、そのモデルとなった人物（隼人のケースでは元妻のゆとり）と極力、生活圏が重ならないようにするための措置で、この「生活圏分離」義務の実行が容易ではないために、配偶者に去られた多くの人たちが代替伴侶の受け入れを断念するしかないのだった。

隼人の場合は、建築デザイナーという比較的自由に動ける職業だったこともあって、豊洲の自宅マンションを賃貸に出し、岡山という東京から遠く離れた場所へ生活の場（生活圏）を移すことが可能だったのだ。人権救済委員会に提出した申請書にもその旨、しっかりと明記しておいた。

この隼人の提案に従って、人権救済委員会では幾つかの「スタートアップキャリア（案）」を提示してきた。「スタートアップキャリア」というのは、派遣されるアンドロイドにあらかじめ入力しておくプログラムのことで、彼（ないし彼女）がスムーズに申請者との暮らしに移行できるためのプログラムだった。

隼人のケースで見れば、まず彼と代替伴侶のゆとりが東京を離れた生活圏（岡山県美作武蔵町）で生活する（元妻のゆとりは東京に住みつづけるのが前提）と決め、そのために代替伴侶のゆとりが所属している企業（広告代理店）と今後どうした関わりを持っていくかなどを調整する。

もちろん、人間のゆとりとアンドロイドのゆとりとが同じ企業の同じ部署で勤務するのは混乱のもとであるから、少なくとも代替伴侶のゆとりは別の勤務地に異動するといったこと（具体的には岡山県）が必須となる。

ただ、その場合は、ゆとりの勤務先企業（広告代理店）に、今後は〝もうひとりのゆとり〟が出現し、できる限り仕事の重複を避けながら勤務しつづけることを承認させる必要があった。

たとえば人間のゆとりは、これまで通りに東京で営業職をつづけ、一方のゆとりは岡山県内の事業所で経理事務を担当する——といった〝棲み分け〟が今後十年間は継続されるということだ（なお、SNSに関しては、代替伴侶が起動した時点でそれぞれのアカウントが極力混線を起こさないように各種プラットフォーム側が厳密に管理調整するよう義務付けられている）。

委員会からの（案）のなかにはそうした内容のものも含まれていたが、隼人が選んだのはゆとりが退職するというプランだった。そして、そのために彼の方から改めて幾つかのアイデアを提供し、それに基づいてAIが策定したのが、人間のゆとりが家を出て行った当日、代替伴侶のゆとりは夜から発熱し、それが肺炎に進んで、ちょうど一年間（つまり代替伴侶が派遣される当日まで）休職を余儀なくされていたという「スタートアップキャリア」だったのである。

あの晩、隼人はゆとりとしか思えない代替伴侶をキッチンで起動させ、彼が作ったカレーをよ

そった皿を持って向かいの席に座った彼女に、開口一番、

「思い切って遠くの町に引っ越さないか？」

と切り出してみた。すると「スタートアップキャリア」のシナリオ通りに、代替伴侶は、

「遠くの町に引っ越す？」

と問い返し、だが、その後はスムーズに岡山移住への流れに乗っていってくれたのだった。

「お久しぶり」

電話口のゆとりは固い口調で言った。

「お久しぶり」

隼人も同じ言葉で返しながら、こういう口吻《こうふん》のゆとりは用心しないと、と気を引き締める。同時に、そういえば武蔵町で暮らしたゆとりがこんな声を出すことは一度もなかったな、といまさらながらその懐かしい顔を思い出していた。

「実は、どうしてもあなたに会って確かめたいことがあるんだけど」

元妻のゆとりが怒っているのは明らかだった。まあ、いまになって連絡を寄越すのだから何らかの問題が起きたのは間違いない。

一体なんだろう？

隼人に思い当たるフシはない。

自分たちの離婚は、ゆとりが原因を作ったのだ。当然、彼女への慰謝料の問題は発生しなかっ

たし、隼人も彼女に対して金銭的な補償を求めなかった。その代わりとして代替伴侶への〝記憶複写〟を依頼したのだ。もちろん代替伴侶法によって〝記憶複写〟は義務付けられてはいるが、罰則規定は罰金刑のみだった。なかにはかなりの額の罰金を支払って〝記憶複写〟をあくまで拒絶する元配偶者もいた。

だが、ゆとりは離婚の交換条件として〝記憶複写〟をあっさり受け入れてくれたのだった。

「確かめたいことって？」

隼人は訊いてみた。

「それは会ったときに話す。できるだけ早く会えないかな？　私は今日でもいいんだけど」

よほど急を要する話なのだろうか？

「別に構わないよ。僕はいま東京だし」

「だったら、午後三時にカレントで待ち合わせましょう。席の予約は私がしておくから」

「カレント」は一緒に住んでいるときにときどき行っていた豊洲駅のそばのカフェだった。ゆとりはこの店のケーキとカヌレが大好物だったのだ。

それにしても、隼人が豊洲のマンションに戻っているとなぜゆとりは知っているのか？　それとも「いま東京」と聞いて察しをつけただけなのか？

「了解」

もうすぐ正午になる頃合いだった。今日は夕方からマンションの売却の件で不動産業者と会う約束が一つ入っているだけだ。

「じゃあ、三時にカレントで」

そう言って、ゆとりは自分から通話を打ち切ったのだった。

ツイン

「朋子っておぼえてる？」

コーヒーとケーキを注文し、ウエイトレスが離れていくとゆとりが言った。

ゆとりはショートケーキ、隼人はピスタチオのケーキを頼んだ。席は二階席の窓側。一緒に暮らしているときはいつもその席だった。窓の外にはいまや百棟を超す高層マンション群が数珠《じゅず》つなぎに連なっている。「人口爆発宣言」以降も、中国やインドからこの国への人の流入は衰えず、いまだに人口は増えつづけている。

隼人の部屋も数カ月前まで借りていたのは若いインド人夫婦だった。

「トモコ？」

「そう。結婚式のときに一度、あなたにも紹介したことがある。大学時代の友だちで弁護士をやっているの」

大学時代の友人で弁護士？

「え」

隼人は絶句した。

「一昨日、銀座を歩いていたら偶然見かけて、私の方から声を掛けたんだよ。向こうは鳩が豆鉄砲を食ったような顔してた」

鳩が豆鉄砲を食ったよう――ゆとりはときどき古風な言い回しをする。

「朋子は、岡山に住んでいる彼女がてっきり私本人だと思っていたんだよ。だから、ついさっき電話で話したばかりの私に銀座で声を掛けられて死ぬほど驚いたってわけ」

まさか、ゆとり側の代理人弁護士の荒巻朋子が、ゆとりの友人だったとは……。

隼人は啞然とした心地だったが、よく考えてみれば、そういう可能性は大いにあってしかるべきだった。

いつの間にか美作武蔵町のゆとりと東京のゆとりとをまったく別の人間のように思い込んでいた自分に彼はいま初めて気づいた。

「私、隼人のことを本当に見損なった。朋子に話を聞いて、なんてひどい人だろうって思ったよ。最初から私への復讐のために代替伴侶を申請したんだね。そして、まんまと私のツインに私がやったことと同じ仕打ちをして溜飲《りゅういん》を下げたってわけね。サイテーだよ、そんなの。男の風上にも置けないような男だよ」

男の風上にも置けない——これも死語だろう。

〝ツイン〟というのは代替伴侶の俗称だった。

自分にそっくりのアンドロイドを「双子」と呼ぶのは言い得て妙だろう。しかも、代替伴侶は幼少期からの体験（記憶）を完全に共有しているのだから〝双子以上の双子〟と言って差し支えない存在でもある（ちなみに本人と代替伴侶のアカウントをプラットフォーム側が管理する場合、それを「ツイン人格管理」と呼ぶ）。

「私、朋子に頼んで、隼人を人権救済委員会に訴えようと思っている。あなたのやったことはツインに対する明らかな人権侵害でしょう。ツインがあなたの代替伴侶を派遣して貰うくらいじゃ、とてもじゃないけど私の気持ちもおさまりがつかない。あなたは、ツインの不正使用の罪でしかるべき罰を受けるべきだよ」

そこまで一気呵成《いっきかせい》にゆとりが喋ったところで、ケーキとコーヒーが届いた。

隼人は何も言い返さず、ゆとりのショートケーキのフィルムを剝《は》がし、自分のケーキのフィルムもていねいに剝がす。一緒に暮らしているときは、手先の器用な彼がいつもふたり分のフィルムを取り除いていたのだった。

「ゆとり、本当にごめん」

隼人はコーヒーに一口つけてからそう言った。

「きみの言っていることの半分は当たっている。確かに僕は、きみに復讐したくて代替伴侶を申請したんだ。あんなふうにきみに裏切られて、それこそいまのきみより何倍も僕の気持ちはおさまりがつかなかった。だけど、きみのツインと一緒に、岡山のひなびた温泉町で暮らし始めて、僕の気持ちは大きく変化したんだ。これは嘘じゃない。あんなに憎かったはずなのに、ツインといるとちっともそうは思えないんだ。最初はそういう自分に僕自身が戸惑ったくらいだ。せっかくきみに復讐したくて手に入れたツインなのに、そんな気持ちにちっともなれやしない。どうしてだろうと思った。でも、じきに理由が分かった。まず第一に、ツインはやっぱりきみであってきみではない存在だということ。僕はツインに裏切られたわけじゃない。だけど、ツインはきみ自身でもある。つまりは、僕は、きみに裏切られる前のきみを手に入れたってことなんだ。しかも、そうやってふたたび巡り合ったきみは、二度と僕を裏切ることはない。僕はそんなピュアなきみとこれから十年間、ずっと一緒に暮らしていくことができると知った。結局、分かったんだ。僕がきみの裏切りによって何より傷ついたのは、裏切られたこと自体ではなくて、きみが僕の前から去ってしまったことだったんだって」

最初は疑わしそうに話を聞いていたゆとりの表情が徐々にほどけていくのを隼人は感じていた。

「じゃあ、どうしてツインを裏切ったんだって、きみは思うよね?」

隼人が言う。

「そのことは僕にもうまく説明できないんだ。いまの彼女と出会って、こんな言い方はどうかしているると思うだろうけど、彼女の方が僕を熱烈に好きになってしまった。初めて会ったときから、彼女は、すごく〝積極的〟だった。そして僕は一度きりの過ちを犯した。ほんとうにそれはそうだったんだ。一度だけのつもりだった。でも、その過ちから数カ月が経って、また僕と彼女は、ゆとりの目の届かない場所で会ってしまった。そしてふたりでお酒をたくさん飲んだ。気づいてみたらホテルのベッドで一緒に眠っていた。だけど、まさか彼女が妊娠するなんて思いもよらなかった。一時は遠山先生の鍼のおかげで増えた精子の数も、きみが去ったことで激減したと僕は思い込んでいた。あれほどのストレスが僕の生殖能力にさらなるダメージを与えないはずがないからね。ところが結果は全然違った。彼女のお腹の子は僕の子どもだった。遺伝子検査ではっきりとそう出て、僕は、ゆとりに事実を告げた。そうするしかなかったし、いまの彼女に堕胎を頼むことなんてできなかったから」

隼人はそこまで話して、ピスタチオのケーキにフォークを入れる。

「ツインの反応はどうだったの？」

そう言ってから、ゆとりもケーキを一口食べ、コーヒーを飲んだ。

「僕は家を出ていまの彼女が持っている大阪のマンションに身を寄せたから、ゆとりがどんなふうになったかはよく分からない。ただ、彼女の職場にも、彼女にも直接には何も言ってこなかったし、僕に対しても荒巻弁護士を通じての連絡だけだった。いまだってそうだ。僕はあれから一度も彼女と話していない。ただ、その代わり、離婚の話し合いが始まると同時に、ゆとりは、代替伴侶の申請を委員会に行なったんだ」

隼人はそこで一度言葉を区切り、

「不思議だと思ったよ。彼女は、自身が代替伴侶だって知ってるんじゃないかって気がしたくらいだった」

と付け加える。

ゆとりには彼のその言葉がぴんと来なかったようだ。

「どうしてそんな気がしたの？」

と訊ねてくる。

「僕がツインのゆとりを得てどれだけ気持ちが安らいだかを知っているような気がしたんだ。代替伴侶制度の有効性を僕は実感したけど、ゆとりは最初からそれを理解しているみたいだって思った」

隼人は小さく息をついてから言った。

「そうなんだ……」

ぽつんとした声だ。

「申請者によって傷つけられた心の傷を、その申請者の代替伴侶によって癒される――いくら彼らに人間と同等の権利があるとしても、そんなトートロジーみたいな現実が生まれていいのかすごく疑問だと思っている。本物の僕たちは、互いに相手を裏切って別れたのに、ツインの僕たちは、これから八年余り、決して別れることなく結婚生活をつづけていくんだ。あまりにも奇妙な現実だと思わないか？」

隼人の言葉にゆとりは、どうやら心を動かされたようだった。それはそうだろう。この「奇妙な現実」も、もとはといえばすべて彼女が撒《ま》いた種なのだから。

「私は、もう一人の自分が、あなたとまだこの国のどこかで一緒に暮らしているんだと思うと、なんだかすごく居心地が悪かった。〝記憶複写〟なんて引き受けなきゃよかったってずっと後悔していた」

ゆとりがそう言って、こっちを見る。

その瞳がかすかに濡れているのに気づいて、隼人は虚を衝《つ》かれたような心地になった。

理想型の夫婦

ケーキを食べ終え、コーヒーカップが空になっても、隼人はなかなか席を立てなかった。

目の前にいるのは、自分が捨ててしまったゆとりではなかったが、しかし、本物のゆとりだった。このゆとりには自分の方が捨てられたのだ。だが、捨てたゆとりにしろ、捨てられたゆとりにしろ同じゆとりに変わりはない。

こうしてゆとりと一緒にいると、どうしようもなく気分が落ち着く自分がいる。

捨ててしまったゆとりとも目の前のゆとりとも、隼人は、本当は別れたくはなかったのだ。いままでも、ゆとりと共に過ごした武蔵町での一年は、彼の心に忘れがたい郷愁を呼び起こす。

「ねえ、コーヒー、もう一杯飲まない？」

ゆとりが言った。

「うん」

すぐに隼人は手元の呼び出しボタンを押す。

二杯目が届いたところで、

「赤ちゃんはいつ生まれるの？」

カップを持ち上げながらゆとりが訊いてくる。

「六月」

「もうすぐだね。彼女はいまどこにいるの？」

もうすぐ――あと三ヵ月で父親になるなんて隼人には信じられない。

「寝屋川の実家にいるんだ。そっちで出産して、二、三ヵ月したところで東京に呼ぼうと思っている」

「じゃあ、生活圏分離はどうするの？」

ゆとりは友人の荒巻朋子から、ツインが代替伴侶を申請して、すでに委員会から承認を得ていることなど一部始終を聞かされているようだった。

「僕がこっちに戻るから、向こうはそのままでいいんだ。その方が代替伴侶のスタートアップもスムーズにいくと思う」

「仕事は？」

「あっちは、いままで通り。岡山で暮らしているあいだに関西方面のクライアントが何件もできたしね。同じようにフリーの建築デザイナーとして仕事をつづけていけばいい」

「じゃあ、隼人が職を変えるの？」

ゆとりが意外そうな声になった。

「いや、僕も建築デザイナーをつづけるよ。ただし、またサラリーマンに戻るつもりだ。大学時代の友だちが誘ってくれている建築販売会社があって、そこは注文住宅専門なんだけど上質のクライアントを抱えてうまくいっているらしい。僕は、その会社の設計部に入って設計の仕事をやろうと思っている。それだったら設計者として僕の名前が表に出ることもないし、向こうの仕事を混乱させなくて済むだろう」

「そうなんだ。せっかく独立したのに、隼人はそれでいいの？」

「まあ、それくらいの譲歩はやむを得ないよね。何しろ自分の身から出た錆《さび》なわけだし、他人に仕事を盗まれるわけじゃないからね。結局、僕が身を引けば、もう一人の僕が助かるんだから。あっちのゆとりにとっても、その方が安心だろうからね」

「じゃあ、そのへんはもう調整済みってことなんだ」

「うん。向こうのスタートアップキャリアもそろそろ完成するんじゃないかな」

〝記憶複写〟を行なう四月七日まであと半月足らず。

隼人がゆとりに複写を頼んだときは、自分の「乏精子症」の記憶だけは移植しないように依頼した。今回、恐らくゆとりは、自分の「卵管狭窄」は記憶から削除するようエンジニアに依頼してくれと言ってくるだろう。

もちろん、それを断るつもりは隼人にはない。

本来、スタートアップキャリアから大きく逸脱した記憶の改変や削除は「代替伴侶法」で禁じられているのだが、そこは運用の妙で、ある程度の変更は許容されている。

ただ、先日、隼人自身が人権救済委員会に問い合わせて分かったことなのだが、今回のような「代替伴侶が代替伴侶の派遣を受ける」という特殊なケースの場合、派遣される代替伴侶に「申請者が代替伴侶である」という認識をそのまま複写すべきかどうかに関しては、「複写は絶対不可欠」とのことだった。ということは、武蔵町のゆとりがゆとりのツインであるという認識は、そのまま隼人のツインにも受け継がれることになる。

ただ、これもまた非常に特異な状況を生んでしまうのは間違いない。

今後、岡山で生活を始めるゆとりのツインと隼人のツインの夫婦は、二人とも相手が代替伴侶だと認識しながら、しかし、自分自身がそうであるとは決して認識できないままに一緒に暮らすことになってしまうのだ。

ゆとりは隼人が十年で駆動停止すると知り、隼人はゆとりがあと八年余りで駆動停止すると知っているのだが、互いにそのことを相手に理解させることはできない。

ふたりは決して別れることなく夫婦関係を継続していきながらも、妻は十年で夫と別れることを常に念頭に置き、夫は妻とあと八年で別れることをずっと胸に秘めながら（そうするしかない）夫婦の生活を重ねていくのである。

「代替伴侶法」に基づく代替伴侶制度は、そもそも自然妊娠以外の子作りが認められなくなった時代に、不妊のゆえに配偶者に去られてしまった妻や夫の精神的なダメージを緩和し、妊娠によって「不倫関係」が社会的に正当化され、法的な保護まで受けてしまうことへの期間限定の補償措置として始まったものだった。

だからこそ、代替伴侶の派遣は最長でも十年間と区切られているのである。

「ゆとりの方はどうなの？　子どもは元気に育っているの？　だんなさんとはうまくやってる？」

今度は隼人が近況を訊ねる。

彼女の産んだ子は女の子で、もう二歳になるはずだった。

「そうねー」

ゆとりは呟いて、左側の窓の外に視線をやった。今日も東京はよく晴れている。豊洲の交差点を大勢の人たちが行き交っているのが見える。

その半数はアジア系、インド系の人々だった。日本国籍を持っている外国人の数はいまや総人口の五割に達している。人口抑制策がこの国で依然として必要とされているのは、そうした総人口における人種構成の大きな変化が背景にあった。

「保育園が終わってからの時間帯は最初、シッターさんに頼んでいたんだけど、娘がなかなか馴染めなくて、結局、だんなの両親がもっぱら面倒を見てくれてるんだよ。娘もすっかり姑に懐いちゃって、なんだかなあって感じ」

「じゃあ、だんなさんの実家の近くに住んでいるんだ」

「それでわざわざ去年、引っ越したんだよ。石神井《しゃくじい》の方なんだけどね」

「そうなんだ」

いままでゆとりたちがどこに住んでいたのかも隼人は知らなかった。ただ、彼女の実家は札幌にあるから自分の親を頼れないのは仕方がない。

「でも、だんなの実家だけでも都内でよかったじゃない」

隼人の実家は長崎だったので、彩里が子どもと一緒に上京してきたらゆとりのように片方の実家の助力を得るということもできない。

「まあね。でも、子どもができるって家族がひとり増えるだけじゃないんだって改めて思い知った気がしてるよ」

「それ、なんとなく分かるよ」

隼人もそこは実感している。ゆとりと一緒にいるときはお互いの親との距離は遠かった。年に一度くらい顔を合わせればそれで済んだのだ。

だが、今回、彩里が身ごもってみて、寝屋川の彼女の両親とはすでに濃密な付き合いが生まれていた。今後も東京と大阪と距離は離れているが、おそらく一人娘の彩里は何かにつけて両親を頼るに違いない。一方、長崎の隼人の両親も、新しく迎える嫁が子どもを産むと知ってずいぶん色めき立っている気配だった。

彩里と長崎の両親との折り合いも含めて、「なんだか面倒くさいことになりそうだな」という予感はある。

一人っ子政策が普及して半世紀、子どもを巡って夫婦の実家同士で起きる揉め事は巷《ちまた》にあふれている。家名の問題、跡継ぎの問題、相続の問題——なにしろ一組の夫婦に子どもは一人と限定されているのだからトラブルが生じるのは当たり前と言えば当たり前の話だろう。

「こうして久しぶりに隼人に会って思うんだけど、っていうか実はこれまでもときどき思ってきたんだけど、私、どうしてあんなに子どもが欲しかったんだろうって不思議な気がする」

残りのコーヒーを一息で飲み干したゆとりが言った。

隼人はその言葉にちょっと呆気に取られてしまう。

「別に、子どもを産んだのを後悔しているわけじゃないし、可愛くないわけじゃないんだよ。子どもの成長を見ながら日々、大きな喜びを感じているのも事実。だけど、それとは別の部分で、ときどき思うんだよ。あの頃の私って、何か憑《つ》きものが付いていたみたいだったって」

「うちの彼女にもそんな感じはあるよ。妊娠が分かってからは、まるで人が変わったみたいだからね。あんなに僕のことを好きだ、好きだって言ってたのが嘘みたいで、いまはもうお腹の子どものことしか見てないし、考えていないって感じだよ」

隼人は苦笑交じりに言う。

「そうだとすると、岡山の私たちは、夫婦としては理想型なのかもしれないね。子どもは持てないけど、それが理由で別れることもないし、互いに裏切り合うことも絶対にない。それこそ初めて会ったときの感覚をずっと保ちながら一緒に暮らしていけるんだから」

岡山の私たち——というゆとりの言葉にふたたび虚を衝かれてしまう。

「そういうちゃんとした僕たちが、この世界に存在するっていうのは不思議だよね、たしかに」

ちゃんとした僕たち——という言葉で隼人は思わず返していた。

カヌレの夜に

「今日、宗形さんがヘンなことを言ったんだよ」

オムライスに一口つけたあと、隼人はスプーンを手にしたままゆとりを見た。

「ヘンなこと?」

「うん。例の仕事の打ち合わせをしていたら、また新しいお客さんを紹介してくれるっていうんだ」

例の仕事というのは、先週、宗形町長が持ち込んできた町営温浴施設の建て替えの件だった。三十年以上前に建てられた温浴施設は、町民のみならず観光客にも人気で、ゆとりたちもしばしば出かけていたのだが、最近老朽化が目立ってきて建て替えの話が町議会で持ち上がっていたのだ。で、先月四月の議会で正式に建て替えが決まって、ついては新しい施設の設計を隼人にやって貰えないかと町長が直々に頼み込んできたのだった。

もちろん隼人は喜んで引き受けた。

「今回の仕事を回してくれただけでもありがたいのに、また新しいクライアントを紹介してくれるって言うから、『宗形さん、そんなに気を遣わないでください。いままで紹介して貰ったお客さんだけでもう十分なくらいですから』って言ったんだ。そしたら宗形さんがヘンなことを口にしたんだよ」

「なんて?」

隼人のツインがやってきてちょうど一ヵ月。

隼人がこの家を去って、ツインが来るまでの半年間はあっという間に過ぎた。そのあいだ、隼人の仕事は、東京に戻った隼人が継続したので取引先で彼の不在を知る者はほとんどいなかった。この町で知り合った人たちにも、

「大きな仕事を引き受けて、しばらく大阪に行っているんです」

とゆとりは説明していたし、スタートアップキャリアでもその通りのシナリオになっている。だから、先月、ツインを起動させたとき、隼人はその大阪出張から帰ったばかりという設定だったのである。

「宗形さんがこう言ったんだよ」

ふたたびオムライスを食べ始めていた隼人がスプーンを顔の前で指揮棒のように振った。そういう仕草もむかしの隼人とまるきり一緒だ。

暮らし始めて三日もしないうちに、ツインの隼人に対するゆとりの違和感は完全に消えてしまった。

「きみには大きな借りがあるからね、って」

隼人が宗形さんの口真似をする。

「大きな借りって、それってどういう意味だろう？　これまでもたくさん仕事を紹介して貰って、大きな借りがあるのは僕の方だよね」

至極もっともな言い草だった。

「ヘンだね」

ゆとりは、まずそう返した。

宗形が駒井彩里のことを言っているのは明らかだった。彩里は彼の妻である小夜子《さよこ》さんの姉の娘、つまり宗形の義理の姪っ子だった。その姪っ子が妊娠して、ゆとりから夫を奪い取ってしまったのだ。

町の人には誰にもいまの隼人がツインだと知らせていないが、さすがに宗形町長と小夜子さんには事前に伝えておくしかなかった。二人とも、

「ゆとりさん、今回は本当に申し訳なかった」

と平身低頭の態で、新しい隼人ともこれまで通り付き合っていくと約束してくれたのだった。

「きっと、あなたの仕事がクライアントさんたちをすごく満足させていて、宗形さんにすれば、それが自分にとっても大きなメリットになっているんじゃないの。だから、そういうふうに言ってくれたんだと思うよ」

ゆとりはしばし考えて言った。

「そうかなあ……」

さすがに苦しい説明だとゆとりも感じる。

「コロッケ、もっと食べる？」

ここは話を逸らすしかない。

最近は、コロッケのストックを冷凍庫に作っておくのはやめていた。これからは、いつも作りたてを食べさせてあげたいと思っている。

「食べる、食べる」

隼人が乗ってきて、とりあえず宗形の失言の件はうやむやになったのだった。

ちなみに、彩里については、結婚して大阪に帰ったというストーリーになっている。これは隼人のスタートアップキャリアでもそうだし、現実の町民たちのあいだの認識もそうだった。宗形も小夜子さんも、隼人と彩里のことは誰にも口外していないようだ。

美味しそうにオムライスを頬張り、作りたてのコロッケに舌鼓《したつづみ》を打っている隼人を見つめ、あの晩、彼はこれと同じ料理を食べ終えたあとで、別れを切り出したのだとゆとりは思い出す。

いつものように汚れた食器は隼人が洗い、そのあとコーヒーを淹れてくれた。

今日は町役場で宗形と会った帰りに、湯の里グランドホテルでカヌレを買ってきてくれていた。

「きみの好きなカヌレが置いてあったんだ。店員さんに訊ねたら、最近、作り始めたらしいよ」

帰宅すると隼人は嬉しそうにケーキの箱を持ち上げてみせた。

小皿にカヌレを載せて、トレーでコーヒーと一緒にダイニングテーブルに運んでくる。

カヌレは三個だった。

「僕は一個ね」

皿を真ん中に置き、ゆとりのカップを差し出してくる。それを受け取って、

「ありがとう」

ゆとりは笑みを浮かべた。

この人が私を裏切ったなんて――ふとそんな思いに囚われ、「ちがう、ちがう」とゆとりは急いで打ち消す。

――この人は、もう二度と私を裏切ったりしない。

それが自分の心にどれほどの安心をもたらすものか、いまのゆとりには痛いほど分かっていた。

ふたりともカヌレを一個ずつ食べ終えたところで、

「ねえ」

隼人が言った。

「子作りは、もういいんじゃないかな」

なんでもないことのような口振りだった。

「もういい？」

「うん」

なんでもないことのように彼が頷く。

「僕たちに子どもはできないんだと思う」

そして、驚くような言葉を彼は口にした。

この人、まさか、とゆとりは彼の顔をまじまじと見つめてしまう。

――自分が代替伴侶だと気づいているの？

そんなはずはなかった。代替伴侶は、自分がアンドロイドだという認識を絶対に持てないようにプログラムされているのだ。

「どうして？」

ゆとりは恐る恐る訊ねる。

卵管狭窄の自分に妊娠が難しいことはこの数年で思い知っている。それでも妊娠の可能性はゼロではなかった。だが、彼女はその一縷《いちる》の可能性を捨ててでも隼人とずっと一緒に暮らしたかった。隼人以外の男と子どもを作るなど想像もできない。だからこそ十年という最長の貸与期間を選んだのだ。

「この数年、僕たちはずっと子作りの努力を続けてきた。しかも、僕もきみも身体的には何の問題もない。だけど子どもはできなかった。だから、僕は最近、これはきっと何か別の問題があるんじゃないか、能力の問題ではなくて、僕たち夫婦の人生上の問題というか、運命的な問題というか、そういうのがあるんじゃないかって感じるようになったんだ。僕たちに子どもはできない、というのはそういう意味。でも、この直感は間違っていないような気がする。僕はもうずいぶん前から、子どもなんていなくていいと思っていた。きみさえいてくれればいいって」

ゆとりは、真剣な面持ちになって話す隼人をじっと見つづけていた。

あのとき、彼が言っていたことは嘘じゃなかったんだ、と思う。

代替伴侶の隼人には、隼人の記憶が複写されている。彼がいま口にしているのは、だから、隼人の記憶に基づくものなのだった。しかも、あのときのように嘘をついたり言い訳をしたり、誤魔化したりする理由がいまの隼人にはない。ということは、これは、ありのままの彼の気持ちなのだ。


もうそれだけで、ゆとりの心は救われたようだった。

彼は私が嫌いになって出て行ったわけじゃないんだ。そして、こうしてまた私のところへちゃんと戻ってきてくれた……。

「ねえ、ゆとり」

隼人が困ったような顔で妻の顔を覗き込んでいる。

「ごめん。いきなりこんなことを言い出して。きみを傷つけたんなら謝るよ。僕はただ、自分の素直な気持ちを言っただけなんだ。きみが望むなら、もちろん子作りを諦めなんてしない。これまで以上に努力するから」

「そんなことないよ。隼人」

ゆとりはいつの間にか溢れ出した涙を拭いながら言う。

「私も同じことを思ってた。私も、隼人さえいてくれればそれでいいって」

暴走トラック

隼人が帰ってきて一年余りが過ぎた五月。

彼が設計した新しい温浴施設「双天《そうてん》の湯《ゆ》 MUSASHI」のオープニングセレモニーが町役場の主催で開催された。

温浴施設の広い駐車場に大勢の町民が集まり、宗形の奔走で多くの地元メディアも取材に訪れた。岡山観光大使を務める地元出身の有名な女性タレントも駆けつけてくれたのだが、これも宗形の幅広い人脈のたまものだった。

セレモニーに参加する町民ひとりひとりに無料チケット(七回分)が配布されると町報で告知していたから、たいへんな人数が集まり、会場は大盛り上がりだった。

セレモニーの一部始終は岡山全県にネット中継され、これもすべて宗形の会社が取り仕切ったのである。

設計を担当した隼人とゆとりは来賓として招かれ、宗形や町のお歴々、女性タレントと並んで来賓席に座った。

隼人の胸には大きなリボンが飾られ、「建築家・丸目《まるめ》隼人先生」と記されている。

いつもは照れ屋の隼人も、ちょっとばかり晴れがましい顔を素直に見せていた。岡山は「晴れの国」と自称するほど晴天の日が多い県なのだが、とりわけその日は指折りというくらいの澄み切った青空が広がっていた。

一時間足らずでセレモニーは終わり、あとは駐車場に設けられた特設ステージでさまざまな出し物が披露される。無料チケットの配布も始まり、そちらにも大行列が生まれ、今日から利用できる温泉施設にもたくさんの人たちが詰めかけていた。

隼人の設計した施設は、以前の建物の軀体《くたい》を大幅に再利用したもので、利便性を重点に念入りな改良を加えてあった。なかでも彼が注力したのは、風呂上がりに皆が集《つど》う休憩室と、新たに設けられることになった食堂の設計だった。内装に使用する建材も一つ一つサンプルを取り寄せて吟味に吟味を重ね、実際に竣工してみるとその作り込み方は緻密を極めている。

宗形町長や取材で訪れたメディアの記者たちも、新しい施設を見学して何度もため息を洩らしていたほどだった。

ゆとりは、久しぶりに隼人の設計した建物を実見し、過去の彼の作品よりも更に完成度が増しているのを感じた。それは、キャリアの積み重ねの成果なのかもしれず、やはりいまの隼人に搭載された人工知能の圧倒的な能力のゆえなのかもしれなかった。

ゆとりたちは行列に並んで無料チケットを受け取ると、今日の入浴はあきらめて帰ることにした。夕方、別途、来賓や報道関係者らを集めての夕食会が開かれることになっていたが、それも不参加を伝えてあった。

大勢の人たちと交わるのは隼人は苦手だったし、ゆとりとしても過剰に隼人の「顔を売る」のは避けたかった。そうでなければせっかくの「生活圏分離」が意味をなさなくなってしまう。本来ならば、せめて岡山市内への転居くらいは必要だったのだが、武蔵町が小さな集落だという点も考慮されて、同じ場所での暮らしの継続が委員会から承認されたのである。

町営駐車場の端に駐めておいた車に戻る。こちらに移住してから買ったフォルクスワーゲンゴルフの中古車だった。二代前のゴルフだが、トラブルもなく快適に走っている。往きは隼人が運転したので、帰りはゆとりが運転席に座る。いつもそうやって代わりばんこにハンドルを握っている。理由は単純。ふたりとも運転が大好きだからだ。

駐車場の出口を出て右に進路を取る。左に行けば葛和川《くずわがわ》という川があって、そこにかかった葛和橋を渡れば岡山方面に向かう。ただ、岡山に行くときはゆとりたちの家の近くにある美作武蔵インターから高速に乗ることがほとんどだった。一般道を使うと岡山市内まで三時間近くかかってしまう。

右に走るとやがて左手に葛和川の支流、牧野川《まきのがわ》が見えてくる。ここは蛍の名所として知られていて、夏場は大勢の温泉客が押し寄せる。

牧野川を上流へとさかのぼれば、湯郷山《ゆごうさん》という低山があり、そのふもとに湯郷寺《ゆごうじ》という大きな寺がある。寺周辺には体育館やサッカー、ラグビー場、テニスコートなどが点在していて、温泉街と並ぶ繁華街となっていた。

いつもは、湯郷寺の手前で右折してインター方面に向かうのだが、

「ちょっと山の方まで行ってみようよ」

助手席の隼人に誘われて、真っ直ぐに湯郷山へと向かった。湯郷山にはハイキングコースが整備され、そのそばを山を一巡りできる片側一車線の「湯の里スカイライン」が通っていた。

この道は観光シーズン以外は滅多に他の車と出会うこともなく、車窓越しに武蔵町をはじめとした温泉地帯の美しい景色を堪能することができるのだ。

隼人の提案はもっともだった。

あの景色を眺めるのに今日ほどうってつけの日はないだろう。

山の頂上付近（といっても大した高さではない）まで上って、降りのコースへと入った。上からの眺めは想像以上だった。ふたりで何度も「素晴らしいね」、「きれいだね」と言い合いながら眼下の風景を満喫した。

降りのコースは急カーブがつづく。それもまた運転好きのふたりにはたのしみの一つだった。五つ目のカーブを曲がって、いよいよ中腹にある「大曲り《おおまが》」と呼ばれる六つ目のカーブへとさしかかる。ここはブレーキを利かせつつ思い切りハンドルを左に切って、身体がいまにも座席から引き剝がされるように急旋回しなくてはならない。上半身に食い込むシートベルトの感触がたまらない。

そうやって大曲りを曲がりきった直後だった。

大型のトラックがものすごいスピードで接近してくるのが目に入った。

「うぉー」

という大きな叫び声が聞こえ、それは助手席の隼人が発したものだ。

だが、ゆとりの意識が摑み取ったのはその声までだった。

凄まじい衝撃が全身を襲い、あとはもう何を見ることも聞くこともできなくなってしまったのだ。

検査入院

隼人が頭が痛いと言い始めたのは、事故から一週間が過ぎた頃からだった。

仕事で根を詰めたとか、寝不足だったとかそういうことではなく、たとえば起き抜けだったり、昼食を終えたあとだったり、頭痛が起こりそうもないときに首を回したり、こめかみを押さえたりといった仕草を見せる。

「また痛いの?」

と訊ねると、

「うん、ちょっとね」

彼は頷き、そのうちの二度に一度は鎮痛剤を服用していた。

代替伴侶は限りなく人間に近づけて作られている。食事もするし排泄もする。風邪も引くし熱も出す。だが、あの交通事故のときがそうだったように、あれほどの事故でも隼人が負った傷はかすり傷程度だった。そのかすり傷も数日ですっかり消えてしまった。彼の人工皮膚の修復機能は人間の皮膚を上回っている。

巨大なトラックと正面衝突したゴルフは何メートルも弾き飛ばされ、山の斜面に敷設されたコンクリート製の擁壁《ようへき》に後部座席側から突っ込んだ。

ゆとりが意識を取り戻したのは、大破した車から数メートル離れた道の端でだった。どうやらトラックとの激突の衝撃で車から放り出されたらしかった。だが、それがかえって幸いしたようだ。彼女は奇跡的に無傷だったのだ。

意識朦朧《もうろう》の状態で立ち上がり、かすれた視界のなかに隼人を探した。

とはいえ、アンドロイド製の彼が死んだり、大怪我をしている心配はない。自身の無事を確かめたところで気持ちは落ち着きを取り戻していた。

路上に横転している車はめちゃくちゃだった。

フロントもリアもぺしゃんこ。後部座席はひしゃげて潰れ、運転席側はかろうじて空間はあるものの萎《しぼ》んだエアバッグが垂れ下がっているだけ。隼人の姿はどこにもなかった。運転席のドアの一枚は半分外れてぶら下がり、もう一枚は完全に外れて車のそばに転がっている。

ぶつかったはずのトラックの姿はどこにも見えなかった。

ぺしゃんこになった車の向こう側（擁壁側）へ回ってみると、擁壁の足元に隼人が倒れていた。

「隼人！」

叫んで近づく。彼はむっくりと起き上がった。

「ゆとり……」

隼人がぼんやりとした声を出す。

立ち上がると、まず自分の身体を点検していた。四肢を動かし、頭を振っている。右手の甲が血で滲《にじ》んでいるのを見つけてぎょっとした顔をした。そういう一連の動作を終えてから、

「ゆとりは大丈夫？」

ようやくゆとりの方へと目をやったのだった。

「うん。信じられないけど、どこも怪我していないみたい」

「そうか……」

隼人は呟き、だが、さほど意外そうな感じではない。

「トラックは？」

周囲を見回して、訊いてきたのだった。

大型トラックは停車するでもなく走り去っていた。山道とて監視カメラはなかったが、当然、衛星カメラが事故の一部始終を捉えており、ゆとりたちの通報で捜査に入った警察は二日後には事故を起こしたトラックと運転手を特定し、その日のうちに運転手を過失運転致傷罪で緊急逮捕したのだった。

現場検証をした交通課の警官たちは、現場の状況や車の状態などに鑑《かんが》みて隼人やゆとりがほぼ無傷に近かった点を「あり得ないくらいのレアケース」と言っていた（もっとも隼人に関しては、行政機関である警察が厳密に調べれば、彼がアンドロイドであるとの情報を把握するのは可能だ

ろう）。ただ、隼人はともかく、ゆとりにも目立った外傷も打撲もないのは本人としても確かに狐につままれたようだった。

そして一週間。アンドロイドの隼人でさえ頭痛の症状が出ている。あの事故の後遺症であるのはほぼ間違いない。にもかかわらず自分には何の後遺症もない――そういうところもゆとりには不可解ではあった。

事故から三週間後の五月二十七日水曜日。

昼食の時間になっても隼人が仕事場から戻ってこなかった。半年ほど前、地元の不動産屋からこの家を買い取り、あわせて庭の隅に別棟を建てて隼人の仕事場にしたのだった。それ以降は、朝食を済ませると仕事場に入り、昼食時は一旦、母屋に戻って一緒に食事をとり、また仕事場に帰って夕方まで働くのが、隼人のおおよその日課となったのだった。

正午を過ぎて、ゆとりは隼人を呼びに離れへと向かった。たまに設計に熱中すると時間を忘れるので、そういうときは彼女が迎えにいくのが常なのだ。

別棟の玄関を入って部屋に上がる。

仕事部屋のドアをノックしたが返事がないので、「入るよ」と言ってノブを回す。

隼人は作業用の大型のパソコンに向かっている。

「お昼、できてるよ」

その背中に声を掛けたが反応がない。

そばに近づいて異変に気づいた。隼人は微動だにしていなかった。

「隼人」

名前を呼んで、ゆとりは背後から回り込むように彼の顔を覗く。目は見開いたままだった。マウスを手にした右手もぴくりとも動かない。パソコンのディスプレーには、手がけている仕事の図面が表示されたままだ。コマンドを待つ信号が画面上で点滅している。

「隼人」

耳元に顔を寄せてもう一度名前を呼ぶ。何の反応もなかった。

隼人は完全に「停止」していた。

その姿にゆとりは息を呑み、心が一瞬で凍り付いてしまったのだ。

母屋にとって返し、急いで人権救済委員会の本部に連絡した。電話に出てきたオペレーターに代替伴侶がフリーズしてしまったと話すと、すぐにコントロールセンターに繋いでくれる。子細を告げると、コントロールセンターの担当者は、

「分かりました。いまからすぐそちらに伺います。岡山支部の者が行きますので、二時間ほどお時間を下さい」

と冷静な口調で話す。その声（恐らくＡＩ音声だろう）を聞いているうちに、ゆとりは徐々に動悸がおさまってくるのを感じた。

ちょうど二時間後、大きな青いライトバンが家の前にとまった。二人の人間が別棟に入って動

かなくなった隼人をライトバンに載せる。

「私も一緒に行っていいですか？」

ゆとりが言うと、

「もちろん」

中年女性の方があっさり頷いた。もう一人は若い男性だった。どちらも人間なのか、それとも片方はアンドロイドなのか、はたまた二人ともそうなのか、ゆとりにはまるで判別がつかない。

人間型アンドロイドの使用は、法で厳密に規制、管理されていた。

いまではあらゆる領域にロボットが進出し、各産業の担い手として活躍しているが、彼らは一目でロボットと知れる形状だったし、人間型アンドロイドのような〝人間性〟は一切持ち合わせていなかった。

そういう点で、代替伴侶は、世間に浸透している唯一と言っていい人間型アンドロイドで、だからこそ彼らには法的にも人間とまったく同等の権利が約束されているのだった。

ただ、その代替伴侶を派遣する「人権救済委員会」となれば、そこで働く人々が人間型アンドロイドだったとしてもさほど問題はないだろう。実際、この委員会についてはまったくと言っていいほど情報開示が行なわれていない（世界各国共通）ため、さまざまな噂がつきまとっていた。

その噂のなかには、

「停止、回収をされた代替伴侶が、委員会の職員として再起動され、勤務している」

というものがあって、半ば都市伝説ではあろうが、かつて一緒に暮らした代替伴侶とそっくりの委員会職員と偶然に出会って、その職員を自分の手に取り戻した申請者がいる――という話もまことしやかに語られていたりするのだ。

岡山市内の中心街にあるコントロールセンターはありふれた商業ビルの三階だった。すすけたドアには何の表示もなく、まるで在庫品の保管庫か何かのような趣きだったが、中に入ってみると印象は一変した。

最先端の研究所を思わせる真っ白な内部空間で、若い男性におんぶされた状態で担ぎ込まれた隼人は奥のドアの向こうに消え、ゆとりはソファの置かれた待合室のような部屋でしばらく待たされた。

十五分ほどでさきほどの中年女性が現われ、

「電子頭脳に若干のトラブルが見つかったので、一日、入院ということにします。明日の夕方、そうですね、午後六時過ぎくらいにお迎えにきてください。隼人さんには、ここは病院で一泊検査入院したという設定で再起動して貰いますので」

と告げた。

「やっぱり交通事故の影響でしょうか？」

ゆとりが訊ねると、

「そこはちょっと、なんとも言えませんが、衛星画像で事故の様子など確認しますと、その可能性が一番考えられると判断されますね」

彼女は、どことなく〝アンドロイド風〟の物言いで答えたのだった。

近似記憶

翌日の午後六時過ぎ、指示されたとおりに隼人を迎えに行った。

彼はすでに元通りになっていて、頭痛で検査を受け、結果は問題がなかった——という記憶（「近似記憶」という）が与えられていた。

「なんでもなくてホッとしたね」

数日前に届いた車（今度は一代前のゴルフだった）の助手席に隼人を乗せて言うと、

「うん」

彼は頷き、

「帰りは僕が運転しようか？」

と言ってきた。

「今日は、念のため私がするよ」

と答えると、

「じゃあ、今日だけね」

いつもと変わらない隼人が目の前にいる。

帰宅したのは午後八時過ぎ。途中のサービスエリアで夕食を済ませてきたので、その日は、お風呂だけ使ってすぐに寝室に入った。

隼人はすぐに安らかな寝息を立て始めた。アンドロイドでも、入院して治療を受ければやはり疲れるのだろう。彼は限りなく人間に近い存在なのだ。隼人のあたたかな身体に触れながら、

「九年後には本当にこの人を失う」と考えると胸が苦しくなる。

あんなふうに、ある日、彼は突然、動かなくなるのだ。

少しずつ覚悟を決めていかなくては、とゆとりは思う。

十年間という貸与期間を延長することはできない。そのときが来れば、現実を受け入れるしかなかった。

――これからの日々は、幾ら大事にしても大事にしきれない一日一日なんだ……。

隼人の肩に頬を載せ、その寝顔を見つめながらゆとりは自分に深く言い聞かせる。

翌日の昼間、宗形町長の妻の小夜子さんが訪ねてきた。

昼食を済ませた隼人は仕事場に戻り、ゆとりは庭に出て洗濯物を干している最中だった。今日

も真っ青な空が広がっている。すでに雨の季節に入っているのだが今年は空梅雨のようだ。温暖化の進行で「梅雨」自体が徐々に見えにくくなってもいる。

「こんにちは」

呼び鈴を押しても応答がなくて、庭に回ってきたのだろう。

ゆとりがピンチハンガーにタオルを吊るしていると背中に声がした。振り返ると、水色のワンピースを着た小夜子さんが立っている。

「こんにちは」

ゆとりも挨拶をする。

小夜子さんは右手に紙袋を提げていた。今日も何か甘いものを持ってきてくれたのだろう。

「うちは旦那が甘いものが苦手だから……」

と言ってときどき、お客さんから貰ったお菓子を持ってきてくれるのだ。そんなふうに親しく交わる関係になったのは、隼人がツインになったここ一年のことだった。

「こういうのを雨降って地固まるって言うのかもね」

小夜子さんは、ゆとりに似てときどきそうした古風な言い回しをする。

実際、あっちの隼人を駒井彩里に奪われ、やむなく代替伴侶の派遣を受けることにしたと宗形夫妻に通告に出向いて、そこからいまのような交流が始まったのだった。最初は、たまに家を訪ねてくる小夜子さんの意図が分からず、いまや義理の甥《おい》になった隼人の差し金ではないかと疑ってもみたのだが、そのうち、どうやらそんなことではなくて彼女もまた大阪からこの武蔵町にやってきた〝よそ者〟の一人で、都会の空気を知る同じ仲間を求めていたのだと理解するようになったのだった。

雨降って地固まるとは、案外言い得て妙かも――彼女がそう譬《たと》えるのを聞いたとき、ゆとりは思ったものだ。

洗濯物を干し終えて、ベランダから部屋に上がって貰った。

持ってきてくれたのは大阪で最近人気だというロールケーキだった。さっそく、一緒に食べることにしてゆとりはコーヒーを淹れる支度をする。

小夜子さんの方はゆとりに渡されたナイフで、ていねいにロールケーキを切り分けてくれる。こうしてふたりでお茶をするのが、ゆとりにとってもいまでは大切な楽しみの一つになっていた。

「昨日の夜、いなかったでしょう?」

二人分のロールケーキを小皿に取り分けながら、ふと思い出したように小夜子さんが言った。

「昨日の夜?　何時頃?」

「九時くらい。だんなの車でこの近くまで来たから、このケーキを置いていこうと思って寄ったんだよ。何度もベルを鳴らしたけど出ないし、窓の明かりも消えてた」

「そんなはずないよ。昨日は出掛けてたけど八時過ぎには帰ってきてたもん」

「え、でも、誰もいなかったよ」

「時間が違ってたんだと思うよ。八時前だったんじゃない？」

「そんなことない。湯の里グランドホテルで大阪から来たお客さんと食事をして、お開きになったのが八時半過ぎだったから。このケーキ、そのお客さんがくれたんだよ」

「えー。その時間だったら絶対にいたんだけどなあ……」

九時くらいだとちょうど交代でお風呂に入っていた時間帯ではある。風呂上がりの隼人が面倒くさくて出なかったのかもしれなかった。

とはいえ、窓の明かりも消えていたというのは解せなかった。

「ちょうどお風呂に入ってたのかも」

とりあえずゆとりは言う。

「えー、いいなあ」

小夜子さんが妙な反応をした。

「なんで？」

「だって、うちなんてもう何年も一緒にお風呂になんて入ってないよ」

そういうことか、とゆとりは腑《ふ》に落ちる。小夜子さんはゆとりよりかなり年長のはずだが見た目はほんとうに若々しい。いまでも夫の宗形さんが好きでたまらないという印象の人だった。

宗形夫妻に子どもはいなかった。

「まあね」

ゆとりは適当に相槌を打つ。

夕食のとき、隼人にも確かめてみた。昼間の小夜子さんの話がやはり引っかかっていた。

「玄関のベルなんて一度も鳴らなかったよ。そんな時間に誰か来たんだったら、いくら風呂上がりでも出ないわけないし」

隼人の返事は至極真っ当なものだった。

「きっと小夜子さんの勘違いだよ」

彼はさして気にする様子でもなかった。

変化

なぜだか、小夜子さんの言っていたことがゆとりはずっと気になった。

三日経っても一週間が過ぎても、あれってどういうことだろう？　とふと思い出す。あらためて小夜子さんに確かめてみようとは考えなかった。彼女が意図的にそんなウソをつくはずがなかったからだ。

あの日、宗形夫妻は、湯の里グランドホテルで宗形の会社の顧客と夕食をとり、お土産のロールケーキを貰った。食事がお開きになったのが午後八時半だと言っていたが、それは妥当な時間だろう。そのあと小夜子さんは帰宅途中にゆとりの家を訪ねた。ホテルからこの家まで車で五分程度。小夜子さんが帰りがけにロールケーキを届けようと思い立ったとしても不思議ではない。

彼女が訪ねてきたのは恐らく午後八時四十五分くらいか。

自分たちがパーキングエリアで食事をした後、この家に戻ってきたのは午後八時をちょっと回った時刻だった。

ふたりでベッドに入ったのが午後十時前。隼人とゆとりが順番にお風呂に入ったのは午後九時を過ぎた頃だ。だとすると、八時四十五分から九時くらいのあいだに訪ねてきただろう小夜子さんに気づかなかったはずはない。

「何度もベルを鳴らしたけど出ないし、窓の明かりも消えてた」

小夜子さんはそう言っていた。

絶対にそんなわけはないのだ。

小夜子さんが、日付を間違ったとは思えない。何しろ彼女は次の日、ああしてロールケーキを持参し、昨夜のゆとりたちの不在を伝えたのだ。だとすると、彼女の側の時間の勘違いということになる。

たとえば、顧客との夕食が午後七時半にお開きになり、小夜子さんは七時四十五分から八時のあいだにゆとり宅を訪ね、八時過ぎに帰宅したゆとりたちとちょうど行き違いになった――というようなことだ。

実際、可能性として考えられるのはそれ以外にはなかった。

しかし、とゆとりは思う。

会社の取引先との会食が七時半などという中途半端な時間に終わるだろうか？

小夜子さんが、前日の記憶にもかかわらずそんな勘違いをするだろうか？

そもそも、その晩、小夜子さんも宗形町長もなぜ時間を見誤ってしまったのだろうか？

ふたりの腕時計や車の時計、スマホの時刻表示が揃って一時間ほど狂っていたとでもいうのだろうか？

――もしかして……。私たちの帰宅時間の方が間違っていたのではないか？

八時過ぎに帰り着いたと思い込んでいたが、実は、九時過ぎだったのではないか？　だとすれば話の辻褄《つじつま》は合う。そうであれば、「九時くらい」にここを訪ねた小夜子さんとちょうどすれ違ったことになるのだ。

――でも、私や隼人はなぜそんな記憶違いをしてしまったのだろう？

コントロールセンターの職員に言われた通り、あの日、彼女は午後六時過ぎに隼人を迎えに行き、高速を使って武蔵町に戻った。途中、サービスエリアのフードコートで晩御飯を食べた。隼人は中華丼、ゆとりは酸辣湯麵《スーラータンメン》だった。高速道路は渋滞もなくスムーズに流れていた。食事時間を足しても帰宅は午後八時前後だったと思う。当然、別の場所に立ち寄ったりはしなかった。だが、それでも、小夜子さんの記憶が正しいのであれば、ゆとりの方がどこかで記憶を歪めてしまっているのだ。

考えるほどに彼女はそっちの可能性が高い気がするのだった。

もちろん明確な理由はない。しかし、彼女の中の何かがそう告げている。直感としか言いようのない何かだ。

あの衝突事故以降、何かが変わってしまった——という薄っすらとした感覚がある。

その何かと、今回の何かが繋がっているのをゆとりは感じていた。

一番の変化は、隼人がフリーズしてコントロールセンターに行かなくてはならなくなったことだが、事故それ自体にも深い謎があった。

どうして車があそこまで大破したというのに自分はろくに怪我をしなくて済んだのだろうか？衝突のショックで車外に投げ出されたのが幸運だったとしても、そんな目に遭って骨折どころか打撲の一つもしなかったのはあまりに異常ではないのか？

アンドロイドの隼人がほぼ無傷だったのは理解できる。

しかし、生身の人間の自分までが無傷だというのは、ゆとりにはどうにも合点がいかなかった。

もう一つ、それと同じくらい合点がいかないことがあった。

事故直後の隼人の反応だ。

擁壁のそばに倒れている隼人に近づき、名前を呼んだ。隼人はゆっくりと立ち上がり、ゆとりの方へ一瞥《いちべつ》をくれると、まず最初に自分の身体を点検したのだった。両腕、両足を動かし、頭を振って肩を揺すった。右手の甲の擦り傷から血が滲んでいるのを見て、ぎょっとした表情を作った。

ゆとりは、そういう隼人の反応に非常なる違和感をおぼえたのだ。

幾ら、彼女の方から近づいてきたとはいえ、普段の隼人であれば真っ先にゆとりの身を案ずるのではないか？

だが、彼は自分が無傷だと分かったあと、「大丈夫？」と訊き、ゆとりが「どこも怪我していないみたい」と答えると、もうそれ以上の関心を払わなかった。

その様子はあたかも、まるでゆとりが大丈夫なのは当たり前、と思っているふうだった。

そして彼は、彼女から視線を外して周囲を見渡し、「トラックは？」と冷静な顔で訊いてきたのである。

自分が隼人の怪我をさほど心配しなかったのは当然だ。アンドロイドの彼はいわば不死身なのだから。

だが、あれほどの大事故で隼人がゆとりの身体を気遣わなかったのは不思議だ。あの反応は、まるで自分と隼人が入れ替わったみたいだった。

――自分と隼人が入れ替わる……。

その言葉を脳裏に浮べて、ゆとりは奇妙な感覚が足元から湧き上がってくるのを感じた。それは、これまで一度も味わったことのない不思議なものだった。かかとから足のふくらはぎ、腿と伝わって臀部で幾つかの経路に枝分かれしながら皮膚の裏側を伝って全身へと広がっていく、ちょっとぞくぞくするような、むずがゆくもあるような感覚だ。

自分は何か大事なことを見落としているのではないか？

その見落としを「自分と隼人が入れ替わる」という一語が示唆してくれているのではないか

——そんな気がした。

代替伴侶は、自らが代替伴侶だとは絶対に認識できないようにプログラムされている。

たとえば、ゆとりが今夜、「大事な話があるんだけど」と隼人に向かって語りかけ、

「実はあなたは代替伴侶なんだよ。本物の丸目隼人は一年八カ月前に私を裏切って出て行ったの。だから、私は人権救済委員会に申請して、アンドロイドのあなたの派遣を受けたんだよ」

と告白したとしても、隼人はその記憶を短時間で忘れるようプログラムされているのだ。直接、語りかけるのではなくメールやラインで伝えたとしても、彼はその文章をすぐに忘れてしまう

——人権救済委員会から渡されたパンフレットにはそのように記されていた。

だが、実際、どんなふうに隼人が「自分はあくまで人間だ」と信じつづけられるのか、その具体的な作用は分からない。何を言われても自分が代替伴侶だとは認識できない、というその「認識できない」とは、どのような状態を指すのだろう？

代替伴侶だという認識を記憶に残すことができない――この救済委員会の説明だと、その都度その都度、彼は、「なんだそうなのか、自分はアンドロイドなのか」と一度は理解するということなのだろうか？

だとすれば、絶えず「あなたは代替伴侶なんだよ」と言いつづければ、彼はその「認識」を数珠《じゅず》つなぎに保つことができるのか？（実際、そんなことは不可能ではあるが……）

とりわけ、いまのゆとりの最大の関心は、代替伴侶は、「自分はもしかしたら代替伴侶ではないのか？」という疑問を抱くことができるかどうかという点だった。

たとえば、何らかの事故によって自分の片腕が切断されたとする。すると、その腕は明らかに人間の腕ではなくアンドロイドの腕であり、多少の出血や痛みはあったとしても、腕の切断によって致命傷を得ることはない。そうした場合、切り離されたメカニカルな腕を見て、代替伴侶はどう反応するのだろうか？

彼はその腕を本物の人間の腕だと認識するようにプログラムされているのか？　それとも、それが機械だと理解できても、それでも、そのことで自分が「代替伴侶＝アンドロイド」だとは認識できないようにプログラムされているのか？

仮に前者だとすると、「自分は代替伴侶かもしれない」という疑問を持つことはできるということになろう。どれほど疑問を持ったとしても、「やっぱり自分は人間だ」と確信するように彼はプログラムされているのだから……。

だが、後者の場合はどうか。

自分の腕が機械だと理解できても、それでも「自分はアンドロイドだ」と認識できないのであれば、彼にはそもそも「自分は代替伴侶かもしれない」という疑問を持つ能力自体が欠けていることになろう。

隼人は一体どっちなのか？

小夜子さんの訪問にまつわる双方の記憶違いは、それがゆとりの側に起因するものだとすれば、「自分と隼人が入れ替わったみたい」というのは適切な譬《たと》えだとゆとりは思う。

あの夜の記憶を、人間のゆとりが記憶違いすることはあり得ない。それは小夜子さんがそうであるのと同じようにあり得ないのだ。だが、アンドロイドの隼人であれば、その可能性は残る。彼は優れた人工知能を搭載したアンドロイドではあるが、記憶に関してはプログラム可能なのだ。「スタートアップキャリア」もそうだし、今回の検査入院という「近似記憶」もコントロールセンターによってプログラムされた「記憶」ということになる。

従って、隼人のようなアンドロイドの場合は、小夜子さんの本物の記憶（九時くらいにロールケーキを持ってゆとり宅を訪ねた）と多少ずれた記憶（その時間帯にはすでに帰宅していた）がこの世界で混在してしまう確率はゼロではない。

つまり、コントロールセンターがプログラムした「近似記憶」がそこまでの時間帯をカバーしており、センターの担当者が、小夜子さん（のような知人）がその晩、隼人の家を訪ねてくると想定していなかった場合は、現実に今回のような双方の〝記憶違い〟が発生してしまうこともあり得るのだ。

ゆとりが、「自分と隼人が入れ替わったみたい」とつい感じてしまった理由の一つは、おそらくそういうところにあると思われる。

小夜子

「隼人さん、今夜あたり、立花で久しぶりに一杯どう？」

宗形町長が声を掛けてきたのは、町役場の会議室でのキックオフミーティングが終わり、他のメンバーたちと一緒に隼人が席を立とうとしたときだった。

「いいですね」

隼人はすぐに応じた。

というのも、今日の会議でも宗形は口数も少なく、いかにも精彩を欠いていたからだ。

脳梗塞《のうこうそく》で倒れた実母の介護のために、小夜子さんが、岐阜の実家に帰ってすでに二カ月半。宗形が、相当参っているのはその様子からも充分に見て取れた。

ゆとりは、

「小夜子さんがいなくて宗形さん、毎日の生活はどうしてるんだろう？　心配だよね」

としばしば口にしていた。

当の小夜子さん本人からの連絡は一度もなく、「よほどおかあさんの状態が良くないんじゃないかなあ」と、そっちの方も彼女は気にかけていたのだ。

「じゃあ、立花で七時に。僕は少し先に行って待ってるから。悪いね、急に」

宗形はそう言うと、手元の資料の束を胸に抱えてそそくさと先に会議室を出て行ってしまったのだった。

「立花」は湯郷寺の近くにある料理屋だ。長年、京都の有名料亭で板長を務めていた大将が、宗形同様、十年ほど前に故郷に戻って始めた店で、大将とは料亭時代から面識があったこともあり、湯の里グランドホテルのレストランと並んで、宗形の行きつけの一つになっている。

会議は午前中だったので、隼人は一度家に戻ってゆとりとお昼ご飯を食べた。

「今夜、宗形さんと立花で飲むことになったよ。一緒に行く？」

隼人が誘うと、

「私も一緒でいいって、宗形さんが言ってたの？」

ゆとりに訊かれた。

「それは何も言っていなかったけど、でも、ゆとりもいた方が宗形さんも喜ぶんじゃないかな。一人暮らしがつづいているし」

「今日は、二人で飲んでおいでよ。なんとなくだけど、小夜子さん、おかあさんの介護のためだけに実家に戻ったわけじゃなさそうな気もするし。その辺、男同士の方が宗形さんも話しやすいだろうから」

「それってどういうこと？」

ゆとりの意外な発言に隼人は目を丸くしてしまう。

「だから、もしかしたら他の理由で小夜子さんは出て行ったのかもしれないでしょう。でなきゃ、いくらなんでも二カ月半も行きっぱなしってことはないと思うし、それに、私にだって一度くらい連絡をくれてもおかしくない気がするもん」

「ということは、二人は大喧嘩でもして、それで小夜子さんが家出しちゃったってこと？」

隼人はようやくゆとりの言わんとするところが読めた気がした。

「あの夫婦に限ってって思うけど、逆に、あの小夜子さんが宗形さんをこんなに放ったらかしにしているのを見ると、その可能性も無きにしも非《あら》ずって気もしてくるよね」

「まさか……」

日頃のおしどり夫婦ぶりからしてあり得ない、と隼人は思う。

だが、ゆとりの指摘の通り、どんな理由にせよ彼らが二カ月半も別居状態というのは、それはそれで不自然だった。

今日の会議は、五月にリニューアルした「双天の湯　MUSASHI」が連日大盛況なのを受けて、新たに二号館を湯郷寺地区に建設しようという話が持ち上がっていることから開かれたのだった。地区の商店会から強い要請を受けた宗形町長は、前向きに検討することを約束して、さっそく隼人たち〝一号館〟の関係者を集め、「二号館設立準備委員会」を起ち上げたのである。

会議が始まる前に、宗形とちょっとだけ立ち話をしたのだが、小夜子さんは相変わらず帰って来てはおらず、

「仕事が休みの日に宗形さんが岐阜に行ったりもしていないんですか？」

隼人が訊ねると、宗形は浮かない顔で、

「それも、なかなかね」

とお茶を濁して、はっきりと答えなかったのだった。

あの彼の様子を振り返ってみると、案外、ゆとりの推理も正鵠《せいこく》を射ているような気になってくる。

「分かった。今日は二人でじっくり飲んで、真相を聞き出してくるよ」

隼人はそう言って、昼食を済ませると午後の仕事のために別棟へと向かったのだった。

午後七時ちょうどに「立花」の暖簾をくぐった。

いつもは、一階のカウンターかテーブル席なのだが、出てきた店員が、「町長がお待ちです」

と言って、今夜は個室が並ぶ二階へと案内してくれる。

一番奥の座敷の襖《ふすま》を開けると、八畳ほどの部屋の真ん中に据えられた座卓に宗形が腰を下ろしていた。

「やあ」

彼の手元にはすでに徳利型の冷酒器とグラスが置かれ、その横には〝ままかりの唐揚げ〟が大きな皿に山ほど積まれていた。

岡山名物のままかりは、寿司や酢締めが一般的だが、宗形は唐揚げが大好物で、

「この唐揚げをつまみに飲む日本酒が一番うまいんだ」

といつも言っている。

「先にやってるよ」

笑顔で掘炬燵《ほりごたつ》式の席へと手招きするが、こんなふうに最初から日本酒で始めている姿を見るのはめずらしい。普段はいつもビール・スタートなのだ。

宗形は大の酒豪で、酒好きという点では引けを取らない隼人だが、強さとなると彼が二枚も三枚も上手だと思っている。

隼人が正面の席に腰を落ち着ける。さっそく、宗形が酒器の隣に置かれていた新しい冷酒グラスを手渡してきて、

「まずは一杯」

と硝子《ガラス》製の二合徳利の酒をグラスになみなみと注いでくれる。

「こうやって二人で飲むのは久しぶりだね」

彼が自分のグラスを持ち上げるのを待って、

「はい」

隼人は手にしたグラスを少し上にかざした。

「乾杯」

「乾杯」

よく冷えた酒が喉を通って胃の腑にしみわたっていく。

宗形が愛飲している岡山の銘酒「御前酒《ごぜんしゅ》」だ。

名前の由来は、かつてこの酒が美作勝山藩《みまさかかつやまはん》への献上品だったことによる。切れのある辛口でうまみもあって飽きがこない。隼人も地元贔屓《びいき》というのではなく大好きだった。

香ばしいまかりの唐揚げを肴《さかな》に飲むと、確かに幾らでも飲めてしまう。

それからしばらくは、差しつ差されつでグラスを空けていった。話題は、今日の昼間にキックオフミーティングを開いた「双天の湯」二号館のことだ。

「宗形さんは、二号館の件、そんなに乗り気じゃないんですか?」

会議中もあまり口を開かなかった彼の様子を思い出しながら隼人は言う。

「そういうわけじゃないんだけどね」

宗形はちょっと困ったような顔を作った。

「僕は、小説でも映画でも、続編とかパート2とかはあんまり好きじゃないんだよね。新鮮味に欠けるじゃない」

「なるほど」

隼人も分かるような気がする。

「じゃあ、二号館っていうのが嫌なんですね」

「嫌というほどじゃないけどね。町のことを考えたら、これだけ『双天の湯』が大当たりしてるんだから二匹目のどじょうを狙うのは当然だと思うし、湯郷地区の人たちの熱い思いも充分に感じているからね。町としては前向きにやるしかないと考えているよ」

「へぇー」

「ただ、僕も町長に就任してもう九年目だしね。こういう言い方は素人臭くて、およそ政治家の物言いではないと思うんだけど、なんだか、もうそろそろ潮時かなって気もしているんだよ」

この発言に隼人は驚く。

宗形は昨年、無投票再選されたばかりだった。任期はまだ三年も残っているのだ。

「でも、この町は宗形さんの生まれ故郷じゃないですか。その故郷がこんなに発展してるんだから、宗形さんのやっている仕事は素晴らしいと僕は思いますよ」

「ありがとう。隼人さんにもいろいろと力を貸して貰っているしね」

「僕は、大したことはできませんが、でも二号館を作るんであれば、自分が設計する云々は抜きにしてアイデアはいっぱい出させて貰うつもりです」

「いや、もし建設と決まれば、またぜひ隼人さんに設計をお願いしたいと僕は思っているんだ。そのときはどうかよろしく頼みます」

宗形はぺこりと頭を下げる。

だが、その姿にいつものエネルギッシュさは窺《うかが》えなかった。

疲れている――というのともどこか違う、ある種の虚脱の気配が彼の表情やたたずまいに漂っている。いわゆる「心ここにあらず」という感じなのだ。

――やっぱり一番の原因は、小夜子さんの不在なんだろうな。

隼人はゆとりの今日の話を反芻し、

――この様子だと、確かにゆとりの言うように、小夜子さんは実母の介護で実家に戻ったわけではないのかもしれない……。

と思う。

いつの間にか冷酒の二合徳利が六本目になっていた。

まだ二人で飲み始めて一時間程度だった。宗形はハイピッチでグラスを空けていく。

次々と運ばれてくる料理にはほとんど手を付けていなかった。

「ところで宗形さん」

隼人は姿勢を正し、改まった口調を作る。

「なに？」

さすがに、宗形の頬がわずかに赤く染まっていた。

「小夜子さんは、いつ帰ってくるんですか？　ご実家のおかあさんの容体はいかがなんでしょう？」

隼人は単刀直入に訊いてみることにした。

宗形は、隼人の問いかけにまるで不意打ちを食らったような、意外そうな表情を浮かべる。その反応に隼人の方が戸惑ってしまう。

彼は手にしていたグラスの酒を一息で呷《あお》ると、卓上にそれを慎重な手つきで置いた。自分の酔い加減を計るかのような仕草だった。

しばしの間をあけて、

「小夜子は、もう帰って来ないんだよ」

呟くように言う。

「隼人さん、このことは隼人さんだから打ち明けるんだけど……」

手元に落としていた視線を真っ直ぐにこちらに向けて彼は言葉をつなぐ。

「実はね、小夜子はツインだったんだよ」

「自分はこの人と結婚するんだ」

宗形の話は、四年前の隼人のときとよく似ていた。

十一年前、小夜子さんは夫を裏切り、別の男の子どもを身ごもったのだ。

「小夜子はどうしても子どもが欲しかったんだ。だけど、僕の方にちょっとした問題があって、なかなかできなかった。それでも三年近く一緒に頑張ったよ。正直、体外受精以外のことはなんでもやった。法に触れるぎりぎりの〝治療〟だって、いろんなコネを動員して片っ端から試したよ。そんなある日、小夜子が、実は子どもができたって言ってきた。実は、という最初のセリフで事情は飲み込めた。いつかそんなことが起きるんじゃないかって、心のどこかで予感していた気がするよ」

宗形がどうしても許せなかったのは、相手の男が彼の腹心の部下だったことだ。

「彼が学生の頃から目をかけていてね。学費も援助したし、生活の面倒も見た。彼はベトナムからの留学生だった。優秀なエンジニアの卵で、僕の会社にとって欠くべからざる才能だと見込んでいたんだ。もちろん卒業と同時に入社させて、それからは二人三脚で会社を成長させていった。

血は繋がっていないけど、昔みたいに兄弟というものがあるとしたら、きっとこんな感じなんだろうって思っていたよ。弟のような存在だった。もちろん学生の頃からしょっちゅう家に出入りしていたし、小夜子とも親しかった」

誰よりも心を許していた二人に突然、裏切られて宗形は一時半狂乱状態に陥ったという。

「二人を殺して死のうと思った。本気でね。そういう僕の殺気を察して、彼らは僕の前から姿を消したんだ。それでも諦めなかった。カネも人脈も使うだけ使って、二人の居場所を突き止めて、包丁を片手に踏み込んだ。彼が手配していた用心棒がいなかったら、僕は二人を本気で刺し殺していたと思う。元ボクサーだというベトナム人の用心棒にぶっ倒されて、気づいたら病院のベッドの上だった。付き添っていたのは、グエンというその用心棒だったよ」

グエンは目覚めた宗形に、小夜子から預かってきた手紙を渡したのだという。

そこには、

「私たちはベトナムに移り住んでもう二度と日本の土は踏まないつもりです。あなたが私の代わりに代替伴侶を申請するというなら、私は喜んで〝記憶複写〟に応じる用意があります。私にできるのは多分それくらいだと思うから」

大略、そのようなことが淡々と綴られていたのだそうだ。

その小夜子さんの手紙で、宗形は初めて代替伴侶を申請するという発想を得たのだという。

「それまで、そんなこと思いつきもしなかった。だけど、入院しているあいだに代替伴侶制度についてじっくり調べて、そうやって調べているうちに、小夜子を失わないで済む唯一の方法はそれしかないって理解したんだ」

そして、彼は十年前、小夜子さんのツインを迎え入れたのである。

小夜子さんたちがベトナムに去り、「生活圏分離」は自動的に実現したのだが、それでも宗形は大阪での暮らしにケリをつけて、生れ故郷の美作武蔵町に帰ると決めたのだった。もちろん会社も武蔵町に移転させ、その時点で事業規模を大きく縮小して、従業員数も三分の一以下に減らしたのだった。

「実際にこっちに転居した従業員はそのまた三分の一くらいかな。あとは大阪に新たに設けたオフィスで働く形にして、その代り、最新のネット回線を大阪と武蔵町とのあいだに引いたんだよ。住民たちのネット環境を整えたのは、あくまで、そのついでみたいなものでね。一年後に町長選挙に出馬したのだって単なる弾《はず》みだった。まさか当選するなんて思ってもいなかったんだ」

宗形の望みは一つ。自分の生まれ育った土地で、もう一度小夜子さんとやり直すことだったのだ。

宗形が別れの手紙を受け取ったのは病院だったが、彼が小夜子さんと出会ったのも病院だったという。

「会社を起ち上げて間がない時期で、とにかく猛烈に働いていた。眠る暇どころか食事の時間さえ取れないくらい。そうやって二年くらい必死に頑張っていたら、いきなり倒れたんだ。原因は疲労と栄養失調。まだ三十そこそこで、こんな理由で入院してくる患者なんてあんたくらいだって医者に怒られたよ。一体、どんな生活をしてたんだって。で、一ヵ月くらい入院したんだけど、そのとき相部屋だった大学院生の恋人が小夜子だった。ちょくちょく見舞いに来ているうちに僕とも話すようになった。でも、そのときはそれきりだったよ。三年くらい経って、不意に彼女の方から連絡を寄越したんだ。相談したいことがあるって。当時は僕の会社も僕自身も次第に名前が売れてきていて、いろんなメディアにもちょくちょく紹介されていたから、そういうのを見て、就職の斡旋《あっせん》でも頼んでくるんだろうって見当をつけた。だけど実際は、全然違う話だったんだ」

小夜子さんと会ってみると、彼女は開口一番、

「あのあと、彼とはすぐに別れました」

と言ったという。「あのあと」というのはどうやら宗形が退院した直後という意味らしかった。宗形には彼女が何を言いたいのかよく分からなかった。

「そりゃそうだよね。三年も経っていきなりやってきて、そんなこと言われても意味不明じゃない。そしたら、小夜子がもっとびっくりするようなことを言い出したんだ」

小夜子さんは、こう言ったという。

「彼の病室で宗形さんを一目見た瞬間に、ああ、自分はこの人と結婚するんだって直感したんです。それからときどき話をするようになって、その気持ちはますます強くなっていきました。でも、そんな理由で宗形さんとお付き合いするなんてあり得ないし、『このおんな、どうかしてい

る』って思われるだけでしょう。だから、私、とりあえず彼とはすぐに別れて、三年間、じっと待ってみることにしたんです。三年間待って、まだ宗形さんが誰とも結婚していなかったら、そのときは会いに行って結婚して欲しいって頼もうって。もしも、私の直感が正しくて、宗形さんが自分と深く繋がっている人だったら、三年の時間が流れてもきっと待っていてくれるはずだからって……」

この馴れ初めを聞いて、隼人はそれも自分たちと似ていると感じた。

隼人はゆとりの親友の恋人だった。初めて紹介されたその日に、彼はゆとりに一目ぼれしてしまった。ゆとりの方もまったく同じで、次の日にはふたりで会ってそのことを確かめ合っていた。

そして三ヵ月後に結婚したのだ。

むろん、ゆとりと隼人の元恋人との親友関係は完全に破綻《はたん》した。

「で、彼女のプロポーズを僕は受け入れた。なんとなくだけど思い当たるフシはあったんだ。その三年間、何人かの女性と付き合ったけど、どうしても結婚までいかなかった。どんなに仲良くなっても、そういう気持ちになれなかった。〝この人じゃない〟というよりも、心のどこかに、自分は誰かを待たせている、誰かが自分をずっと待ってくれているっていう感じがあった。だから、突然小夜子から相談があるって連絡がきたとき、もしかしたら彼女がその誰かだったんじゃないかって、会う前からそんな気がしてたんだ」

宗形はそう言って、

「それが、結婚からたったの四年で当の小夜子の方が裏切った。信じられなかったし、殺したいと僕が思ったのも無理はないだろう?」

大きくため息をついてみせたのだった。

愛される動物

こうした結婚の経緯については、人権救済委員会宛ての申請書に詳しく記したという。

「小夜子に裏切られて、自分がどれほどダメージを受けたかを訴えるのに、このエピソードは使えると思ったからね」

と宗形は言った。

だが、委員会が宗形の申請を承認した一番の決め手は、小夜子さんの上申書だったという。宗形は代理人弁護士を通じ、すでにベトナムに住んでいた彼女に対して「元夫にとって代替伴侶がどれほど必要か」を訴える上申書の作成を依頼したのだった。むろん、小夜子さんもベトナム人の彼氏もそれには異存がなかったようだ。

宗形の思わぬ告白を受け、隼人には返す言葉も掛ける言葉もなかなか見つけられなかった。あの小夜子さんが代替伴侶だったなんて予想だにしていなかった話だ。ゆとりが知ったらどう思うだろう、と考え、それと同時に、宗形が最初に口にした「このことは隼人さんだから打ち明けるんだけど」という一語が彼には気になった。

――宗形は、ゆとりが代替伴侶であることを知っているのだろうか？

隼人さんだから――と言われて、そう思ったのだ。

だが、隼人自身は宗形にも、この町の他の誰かにもその事実を伝えたことは一切なかった。かといって代替伴侶のゆとりが話すはずもない。

「つらいですね……。小夜子さんが帰って来ないなんて」

隼人は呟くように言った。

「まあね」

宗形は小さく頷く。

「とてもなくさみしいけどね」

そこで一度、言葉を区切り、

「でも、かなしくはないよ」

そうきっぱりと言って、彼は微かな笑みを浮かべてみせた。

かなしくはない――とは意外な言葉だ。

「そうなんですか？」

隼人はその理由が知りたかった。宗形の経験したことは、いずれは自分自身が体験することでもある。

「代替伴侶の貸与期間は最長で十年と決められているからね。だから僕は、この十年間、しっかりと別れの準備をしてきたんだ。こんなことを口外していいのか分からないけど、委員会から半年前に連絡があったよ。コントロールセンターが発信する停止信号をいつにするか自由に選んでいいってね。これからの六カ月の間のいつでも、あなたの希望する日にちを指定してくれれば、その日の午前三時に信号を送りますって」

いつの間にか宗形は手元のグラスに手を伸ばさなくなっていた。彼を覆っていた酔いの気配が徐々に抜けていっているのが分かる。

「この申し出にはずいぶん悩まされたよ」

彼は、懐かしそうな表情になっていた。

「でも、日時はコントロールセンターに任せることにした。自分でそんなの決められないだろう。人の生き死になんて天に任せるしかない。それとおんなじだよ。もちろん、最初は、特別な一日を設定して、彼女をベッドの中で抱きしめながら見送ろうなんて思ったよ。でも、やっぱり自然にする方がいいと考えを改めた。自然というのもヘンな言い方ではあるんだけどね。

彼女を迎えたとき、僕は誓ったんだ。これからの一日一日を、一瞬一瞬を彼女が『ああ、いま死んだら一番最高！』って思えるようにしなきゃって。特別なことなんてしなくていい。その代わり、毎日が特別じゃなきゃいけないって。そう思って十年間やってきたからね。彼女がいつ死ねばいいかなんて、いまさら決められるわけがなかったんだよ」

宗形はそんなふうに言って、ちょっと照れくさそうな表情になる。

「彼女以外のことなんて、どうでもいいとは言わないけど、でも、心の底ではどうでもいいって思っていたよ。もちろん仕事はちゃんとやらなきゃいけない。暮らしを守るのは僕の役目だったからね。健康にも気をつけた。僕が病気になったら一番悲しむのは彼女だから。むかし何かの本でこういう言葉を知ったんだ。〝今日の晴れを喜び、明日の雨を嘆くなかれ〟それを日々、実践しようと思ったよ。ただ、ひたすら今日だけをふたりで生きていこうってね。

幸い、彼女の方には病気の心配も事故の不安もない。それは本当にありがたかったよ。僕は彼女のこころの安らぎや日々の喜びに集中すればよかったから」

宗形は訥々《とつとつ》と喋っていた。そういう喋り方はいつもの能弁な彼とは違っていたが、その分、一語一語に重さのようなものが宿っていた。

「大阪で一年暮らして、こっちに帰って来て、それから二年くらい過ぎたときかな。分かったんだよ。結局、こころから彼女を愛すればそれで充分なんだって。人間は愛することを欲する動物ではあるけど、それ以上に愛されることを欲する動物なんだと思うよ。愛されることが大事なんだ。そこが、他の動物より人間に生まれてきてよかったことだと思う。

彼女は思う存分愛された。この十年間、僕に愛され抜かれて死んだんだ。それは、僕自身が胸を張って言える。もちろん、彼女も僕をこころから愛してくれた。ツインは決して伴侶を裏切らないからね」

そこまで言って、宗形はふたたび手元の空になったグラスを手にした。隼人は目の前の徳利を取って、彼のグラスに酒をたっぷり注ぎ、自分のグラスにも注ぎ足す。

宗形が乾杯の仕草をして、酒を半分くらい一気に飲んだ。

手元に並んだ幾つもの料理の皿を一度見渡すようにしてから箸を取り、うなぎの八幡巻《やわたまき》をつまんで口に放り込む。

「このうなぎの焼き加減が絶妙だよね」

と言い、残っていた酒を飲み干す。

今度は手酌で自分のグラスを満たした。

「三年前から一緒に料理をするようになったんだ。そのうち僕が作る日も増えてね。土日はたいがい僕が何かこしらえていた。小夜子に美味しいものを食べさせてやりたかった。最後の一年が来るまでには、彼女の行きたい場所には全部連れて行ったし、ふたりでやりたいことは全部やったよ。そのために僕は一生懸命に働いた。最後の一年間は、この田舎町でのんびりと暮らした。日々のいとなみを充実させて、おだやかに過ごしたかったんだ」

宗形は、それぞれの光景を思い出すかのように天井に目を向けている。涙を堪えているのかもしれない、と隼人は思う。

「そうそう」

不意に視線をこちらに戻した。

「ちょうど二ヵ月くらい前に不思議なことがあったよ」

「不思議なこと？」

「小夜子がね、一緒にお風呂に入りたいって急に言い出したんだ」

「お風呂？」

隼人には意味が分からない。

「ゆとりさんたちはいまでも一緒に入っているらしいよって、言うんだよ」

「そうなんですか」

隼人は、次につづける「いや、うちも最近は……」という言葉を飲み込む。せっかくの話に水を差すような気がしたのだ。

「僕は遠慮してたんだよね。だって、彼女はアンドロイドだから僕より若々しいだろう。彼女の皮膚や髪は劣化が人間より遅いからね。こっちはすっかり下腹も出て、肌もたるんで、そういう自分の身体を彼女に見せるのがすごく恥ずかしくてね。で、初めてそう打ち明けたら、『どうかしてる』って彼女が大笑いして、『私たち、夫婦なんだよ』って言ったんだよ」

そこで宗形の言葉が少し詰まった。唇を噛み締めて、何かに耐えるような表情を見せる。だが、それも一瞬だった。

「それからは、最後までずっと一緒にお風呂に入ったんだ」

彼はまた笑みを浮かべ、

「このこと、ゆとりさんにくれぐれもありがとうって伝えておいて欲しい。彼女、とても嬉しそうだったんだ」

と付け加える。

宗形はそれからどんどん料理を片づけ始めた。

この店の大将は京懐石の名店で腕をふるっていたので、どの料理も食材を活かして薄味に仕上げてある。非常に食べやすかった。

くるみ味噌を塗って焼いた銀鱈《ぎんだら》を口に運びながら、

「他にも不思議なことがあったよ」

と言う。

「小夜子が停止する一週間くらい前かな。日曜日で、一緒にお昼ご飯を食べていたら、ふっと彼女が箸を止めて、『あなた。長い間、ほんとうにありがとう』って言ったんだ。『どうしたの、急に』って訊いたら、『とっても幸せだから、ちょっと御礼を言ってみたくなった』って。その彼女の笑顔を見て、ああ、もうすぐなんだなあって僕は思った」

また宗形が少し表情を歪めていた。

隼人は黙ってそんな彼を見つめるしかなかった。

「最後の日も、すごく不思議なことがあった……」

宗形がぽつりと呟く。

「どんなことですか？」という一言が喉元までせり上がってきたが、隼人は、口にするのは控えた。

宗形はひとり頷いて、その先は何も言わなかった。

夫婦の挫折

「小夜子は十年後にいなくなるって分かっていたけど、本当は、どんな夫婦だっていつかどちらかが死んでしまうんだ。小夜子みたいに十年後かもしれないし、それ以上かもしれない。それ以下かもしれない。でも、とにかく夫婦はいつか死に別れる。だとしたら、どちらが先に死ぬにしても、それまでのあいだ、絶対に後悔しないように愛し合うべきだと僕は思うよ。小夜子と暮らした十年間で、僕はつくづくそれを思い知った。

もしかしたら目の前の妻が、夫が、明日死んでしまうかもしれない。朝、『行ってきます』と言い、『行ってらっしゃい』と見送った人ともう二度と会えなくなるかもしれないんだ。

隼人さん、僕はね、子どもがいないっていうのは夫婦にとってとても大事なことなんじゃないかって思うよ。夫婦だけの生活がこんなに人生にとって重要で意義深いものだというのを、僕はツインの小夜子と一緒になって初めて知った。

ああ、こんなふうに以前の小夜子とも付き合えればよかったのにって思った。子どもなんて望まないでね。でも、あの小夜子はどうしても産みたいって言っていたから、それは現実には不可能だったんだけどね。

良い家庭を持つことと、良い夫婦でいることは全然違うことなんだと僕は思う。

みんな最初は良い夫婦でいたいと思って結婚するのに、いつの間にか良い家庭を持ちたいと望むようになる。子どもという存在がそうさせてしまうんだ。でも、それって夫婦にとっては一つの大きな挫折なんじゃないだろうか。子どもを持つことによって、結局、僕たちは夫婦であることの意味と価値を見失ってしまうような気がするよ」

もう一つの人生

「だったら、私も一緒に行こうかな」

気づいたらそう言っていた。

隼人はちょっと面食らったような顔になっている。

「来週、関西方面に行く予定があるの？」

怪訝《けげん》そうな口調で訊ねてきた。

「迷惑？」

ゆとりは問い返す。

自分でもきつい口調になっているのが分かる。いまの夫にこんな突っ慳貪な物言いをしたことはない。隼人だと自然にそうなってしまう。

「全然、迷惑じゃないよ」

例によって隼人の方は、まるで叱られた子どものような慌てた口調になっていた。

「このところ、だんなが出張続きで私ばかり天麻音《あまね》の世話をしてるから、いつでも出張の予定を組んでいいって言われてるんだよ。ちょうど大阪支社に協力要請に行かなきゃいけない案件があるから、それを隼人の日程に乗せるよ。そうすれば次の日、一緒に岡山に行けるでしょう。その日はオフにするから」

「そうなんだ」

迷惑とは言わないが、やはり一人の方がいいと思っているようだった。

「迷惑だったらはっきり言ってくれていいよ。私のは単なる好奇心なんだからさ」

「いや、迷惑なんかじゃないよ、全然」

先ほどと同じ口調で隼人が繰り返す。

「だったら決まりだね。岡山行きのスケジュールが出来たらメールちょうだい。電車もホテルも同じでいいよ。待ち合わせは新大阪駅でもいいし、私が隼人の泊まっているホテルに出向いてもいいから」

「分かった。週末までには予定を組んでメールするよ。岡山には土曜日出発とかでも問題ない？」

「大丈夫。それなら来週の金曜日に大阪の仕事を入れて、土曜日は一日空けておくよ。現地に一泊して、日曜日にこっちに戻る時間は何時でも構わないよ」

付き合っている頃も、結婚してからも旅行のスケジューリングはすべて隼人に任せていた。何事も計画的で綿密な計算の利く彼は、そういう作業が得意だし、好きなのだ。

「了解。それだったら、僕は日曜日は午後から仕事だから早めに帰るけど、ゆとりはゆっくりでいいようにしておく。その日くらい朝寝坊するといいよ」

「ありがとう。じゃあ、よろしくお願いします」

そう言って、ゆとりはテーブルの伝票を取って先に席を立った。

「今日は、私のおごりね」

と言うと、隼人が「サンキュー」と小さく頭を下げた。

帰りのタクシーのなかで、「どうしてあんなこと言ったんだろう?」とゆとりは自問する。隼人にも言った通りで、彼の話を聞いて確かに好奇心は湧いた。だけど、だからといって隼人とふたりで、自分たちのツインが住んでいる美作武蔵町を訪ねるというのはちょっとやり過ぎではなかろうか。

いまになってみるとそういう冷静な判断もつくのだが、さっきは、隼人が「ついでにツインたちの家を覗いて来ようかと思っているんだ」と口にした瞬間、なぜだが、「私も一緒に行こうかな」と口走っていたのだった。

隼人とは三年半前のあの日、離婚後初めて顔を合わせ、それからは定期的に会っていた。大体は今日のように豊洲の「カレント」でコーヒーを飲んでケーキを食べ、互いの近況を伝え合って別れるのだが、たまに一緒に晩御飯を食べることもある。頻度は月に一度くらいか。

別れた夫婦が月一でお茶を飲んだり食事をしたりするのがどれくらいめずらしいことなのかは分からないが、ゆとりたちの場合は、それぞれのツインが現在も岡山の田舎町で結婚生活を続けるという異例な展開になっているので、自分たちが本当に「別れた夫婦」と言い得るのかどうかもいささか怪しい感じはある。

もうひとりの自分がまだ隼人の妻だと思うと、こうして隼人と会っていてもそれほどの抵抗はないし、いまの夫に対する罪悪感もなかった。むろん、このことを夫に話しているわけではない。隼人の方も多分、同じような状況なのだろうと思う。

ちなみにゆとりの勤務先が汐留《しおどめ》で、隼人の会社が銀座なので、豊洲の「カレント」は待ち合わせるにはうってつけだった。ゆとりの住まいは相変わらず石神井だし、隼人は現在は奥さんと三歳になる息子の涼太《りょうた》君と三人で西荻窪のマンションで暮らしている。ゆとりの産んだ天麻音はすでに六歳、来年はもう小学生だ。

隼人が美作武蔵町を訪ねようと思い立ったのは、そこにある「双天の湯 MUSASHI」という温浴施設が建築業界で名のある賞を受賞して、設計者である彼の名前が幾つかのメディアで紹介されたからだった。たまに、仕事先の人からお祝いを言われたりして、そのときはもちろん「ありがとうございます」と返しているのだが、

「それにしても、一度はその『双天の湯 MUSASHI』を見に行っておかなきゃと思ってね。そうじゃないと、幾らツインが設計した建物でも細かい質問には答えられないからさ」

隼人はそう言っていた。

『双天の湯 MUSASHI』は美作武蔵町の町営施設で、二年前にリニューアルオープンした

一号館と去年、新規オープンした二号館があるらしい。授賞の対象となったのは二号館の方ということだった。

「まあ、せっかく行くんだから一号館も見てくるけどね。日帰りじゃなくて武蔵町に一泊して、ついでにツインたちの家を覗いて来ようかと思ってるんだ」

と彼は、付け加えたのだった。

十月半ばの土曜日。ゆとりと隼人は新大阪駅で落ち合い、新幹線で岡山に向かった。

岡山到着は午前十時過ぎ。駅前の店でレンタカーを借り、隼人の運転で美作武蔵町を目指す。

昼前には今夜の宿泊先である「湯の里グランドホテル」にチェックインした。

それぞれ自分の部屋で旅装を解き、今度はゆとりの運転で湯郷寺地区にある「双天の湯　MUSASHI」二号館へとレンタカーを走らせた。

二号館の建物は外観からして見事に〝丸目隼人の作品〟だった。

ゆとりは一目見て、隼人と一緒に暮らしていた頃のことを思い出した。彼の設計した建物は、竣工するといつも見学に行っていた。一緒に訪ねることもあったが、ゆとり一人でこっそり見に行くことも多かった。

建築デザイナーとしての彼の才能を、ゆとりは高く買っていたのだ。

「うーん」

温泉にも浸かり、建物の内部もつぶさに見学した後、浴衣姿で休憩所でくつろぐ隼人に感想を

訊ねると、彼はしばし考え込むようにして、

「一ヵ所も手を加えたいと思うところがないよ」

と言った。そして、

「これは間違いなく僕の設計だ。ただ、もしかしたら僕より、ツインの僕は才能があるかもしれない」

と苦笑いを浮かべて、

「すごく勉強になった。本家本元の僕も、もっと頑張らないといけないと思うよ」

と付け加えたのである。

ゆとりはそんな隼人を見て、

――この人のこういう謙虚さに、かつての自分は強く惹《ひ》かれたのだ……。

と懐かしく思い返していた。

昼食は二号館のお食事処「立花」で食べた。ここも、二号館の近くにある「立花」という京料理の店の二号店のようで、料理はひなびた温泉町のそれとは思えない洗練されたものだった。しかも価格は東京の半値以下といったところだ。

「このお食事処も、人気の秘密だろうね」

大勢の温泉客が休憩室を出入りしている様子を眺めながら隼人が言った。

そのあと一号館にも足を延ばして、両方を見学し終えたときは午後四時を回っていた。

「よし。じゃあ、日が傾く前に僕たちの家を見に行こうか」

冗談交じりの口調で隼人が言う。十月とはいえまだ十分に日は高い。真っ青な秋空が広がっている。

ツインたちの家は湯の里グランドホテルから近いようだった。レンタカーのハンドルは隼人が握る。勝手知ったる道を、彼はすいすいと運転していく。

それはそうだろう。ツインのゆとりと共にこの町へ移住すると決めたのも彼だし、これから向かう家を三カ月近くかけて丁寧にリフォームしたのも彼自身なのだ。

「今回、ここに来る前に調べてみたら、どうやらツインは借家だったあの家を購入したみたいだ」

周囲の景色を車窓越しに眺めながら隼人が言った。

「ということはツインの私たちは、もう二度と東京には戻らないつもりなんだろうね」

ゆとりが言うと、

「生活圏の問題もあるし、たぶんここに定住するつもりなんだろうね」

隼人も同意する。

一度、彼らの家の前を通り過ぎて、少し離れた空き地にレンタカーを駐めた。

ゆとりがバッグからサングラスを取り出すと、

「こんな場所でそんなのかけたら逆効果だよ」

隼人が笑う。仕方なくゆとりはサングラスをバッグに戻した。

「だけど、ばったりふたりに会ったらどうするの？」

「大丈夫だよ。まさか僕たちが来るなんて思いもよらないだろうから。そもそも本人がツインに会いに行くことは代替伴侶法で禁じられているわけだしね。他人の空似と思うだけでしょう」

「そうかなあ」

「大丈夫。それに玄関脇の駐車スペースに車がなかったから、少なくともどっちかは外出してるんだと思う」

隼人はあくまで楽観的だった。

五分ほど歩いて、家の前に立った。真新しいスチールフェンスで囲われているが門扉に鍵はない。こぢんまりとした平屋の一戸建てだが玄関回りも丁寧に整えられ、駐車スペースには屋根もある。そのスペースと建物とのあいだに敷石の細い通路があって、そこを通ると裏庭に出られるようだった。外壁もきれいに塗られていて、いかにも住みやすそうなたたずまいだ。

この家もまた一目で〝丸目隼人の作品〟と分かる。

隼人はフェンスの前にしばらく立ち尽くすようにしていた。人の気配は感じられない。車もないし、おそらくふたりで外出しているのだろう。

「懐かしい？」

ゆとりが声を掛けると、

「まあね」

隼人が言う。

「僕はたった一年しか住めなかったけどね」

と付け足す。

彼は、「住まなかった」とは言わなかった。

門扉を開けて敷地のなかへと入る。ゆとりは、すぐさま家の脇の石畳の道の方へと足を向けた。

「ちょっと」

隼人が慌てた声を出す。「ちょっと、ヤバいよ、それ」と言う。

彼女は構わず細い道を抜けて裏庭へと出た。隼人もあとをついてくる。

庭は想像よりずっと広かった。一面に芝が敷き詰められている。まだ芝は青い。午後の柔らかな日差しを受けてふかふかしている。縁側の前に物干し台があって、たくさんの洗濯物が干してある。

庭の奥、こんもりとした森の手前にもう一つ小さな平屋の家が建っていた。

「仕事部屋を作ったんだ」

いつの間にか隣に来ていた隼人が呟いた。彼はその仕事部屋のなかを覗きに窓の方へと近づいていく。ゆとりの方は後ろを振り返って、気持ちよさそうに日を浴びている洗濯物たちを見た。

隼人と自分の衣服がわずかな風に揺れている。どの服の色もデザインもゆとりの好みとぴったたり一緒だった。

当たり前と言えば当たり前だが、それでも胸が熱くなる。

夫や娘、それに夫の両親たちと暮らす石神井での日々とはまったく色合いの異なる生活がいま目の前にありありと存在していた。

もう一人のゆとりが幸福に過ごしているのは、この家や洗濯物を見ただけでよく分かった。彼女は、ゆとりがかつて思い描いていた〝いとおしい生活〟を美しく穏やかな町で実現している。

「僕たちには、こういう人生もあったんだね」

不意に背後から隼人の声が聞こえる。

いつの間にか戻って来ていた。

「不思議だね」

と返す。

「そろそろ行こうか。これ以上はヤバいかも」

「うん」

ゆとりは素直に頷いた。

カヌレの朝に

ホテルのレストランで一緒に夕食を食べ、最上階のバーラウンジで無数の星が輝く夜空を眺めながらお酒を飲んだ。

「こんなふうに思いっきり、ふたりで飲めるのって一体いつ以来だろう？」

ウイスキーのロックグラスを片手に隼人が言う。

ゆとりはそれには答えず、好物のジントニックを飲み干して、タブレットで追加をオーダーする。

その夜は午前二時過ぎまで痛飲した。まるで付き合い始めた頃に逆戻りしたかのような時間だった。

翌朝、ドアをノックする音で目が覚める。ナイトテーブルの時計を覗くとまだ七時を過ぎたばかりだった。ベッドから降りて部屋のドアを開ける。隼人が立っていた。

「どうぞ」

部屋に招き入れようとしたが、

「いいよ。ここで」

と彼が言う。そして、

「これ」

白い箱を差し出してきた。

「一階のパティスリーに美味しそうなカヌレがあったから。お土産」

「じゃあ、コーヒーでもどう？」

ゆとりはもう一度、隼人を誘う。

「いや、僕はもう出ないと。午後早くに打ち合わせが入っているんだ。ゆとりはもう少しのんびりしていけばいいよ。ごめん、起こしちゃって」

「いいよ、全然」

目覚めてみれば、こんなにぐっすり眠れたのは久しぶりだという気がしていた。

「また、近々、ご飯でも食べよう」

「そうだね」

「じゃあ、東京で」

そう言って隼人はあっと言う間に去っていった。

ゆとりは渡されたカヌレの箱を持ってベッドに戻る。

ベッドのへりに腰を下ろし、膝の上にカヌレの箱を載せて一つため息をついた。

――私、一体何を期待していたんだろう。

すすり泣く声

午後二時から始まった会議は、延々とつづいていた。

決算期を睨んで、このところの振るわぬ業績に痺《しび》れを切らした経営陣がやたらと会議を開いて現場に発破をかけてくるようになった。そういう旧態依然とした発想とやり方が、ここ数年の業績低迷の一因であると、現場の人間であれば誰でも一目瞭然なのだが、上の連中にはまるで見えていない。

もともと同族企業から出発した会社で、最近まで創業者の長男で八十歳をとうに越した会長が会社を引っ張っていた。息子の社長も、半分以上を親族で固めた経営会議も実際はただのお飾りのようなものだった。

その会長が四年前に急死した。彼の強引で独善的な経営手法は社の内外で多くの批判を集めてはいたが、しかし、結果的にこのワンマン体制の崩壊が会社の業績を一気に悪化させたのは確かだろう。いまでは、毀誉褒貶《きよほうへん》激しかった老会長の時代を懐かしがる社員たちがどんどん増えている。

二年間の会長秘書からキャリアをスタートさせたゆとりも、そのうちの一人ではあった。彼女が営業セクションに移ったあとも会長が何かと目をかけてくれていたのは事実だ。

去年、執行役員になったばかりの営業担当の局長が、それぞれの営業部門の部長たちの発言にいちいち無駄な突っ込みを入れている。もとからＢｔｏＢで成長した会社なのに、いまさら一般顧客への販路拡大を目指せと大号令をかけ、しかもその〝顧客〟として例示するのが、もはや化石化したユーチューバーやティックトッカーだったりするのだから、この会議に出ている彼以外の全員が、心の底から「さっさとコイツを外せよ」と経営陣を呪っているのだ。

先の見えない議事進行が一時間以上もつづいた頃だった。

ゆとりは不意に胸騒ぎのようなものを感じた。

それはほんとうに〝不意〟だった。

突然、心臓がドクンといって、まるでその音が聞こえるかのようで、と思ったら異様な拍動はその一度きりで、今度は胸の辺りがぞくぞくするような、ざわざわするような感触が背中の側から湧き起こってきたのだ。

ゆとりは黙って椅子から立ち上がる。

彼女の席は広い会議室の出入り口に近かった。椅子の背板に掛けていたバッグを手にして静かに部屋を出る。誰も怪しむ者はいない。トイレだと思ったのだろう。

会議室を出ても胸騒ぎのようなものはそのままだった。エレベーターホールまで歩いて、上の階のボタンを押した。

どこか体調に異変が起きたのでないのはよく分かっている。

この胸騒ぎの原因もおおかた想像はついた。

エレベーターの扉が開き、昇降カゴに乗り込む。同乗者はいない。二十七階のボタンを押した。

二十七階には社員がいつでも使えるラウンジがあった。この時間帯なら空いているに違いなかった。ラウンジで温かいものでも飲んでまずは気持ちを落ち着けたかった。

ラウンジに入るとドリンクディスペンサーでホットココアをチョイスし、熱々のカップを手にして窓際のソファ席に腰を下ろした。案の定、広いラウンジに人の姿はほとんどなかった。

窓の外から東京湾方向へと広がる都会の風景を眺める。かつて住んだ豊洲のマンション群も見通せた。

三月もあと三日で終わる。ここ数日はずっと快晴だ。

温暖化のせいで、三月はもう春の盛りだった。桜は例年通り、二月の半ばに開花し、とうに散って葉桜に変わっている。その桜並木が眼下に見える。この新社屋を建てたとき、エントランスに百本近くの桜が植えられたのだ。いまでは桜の名所として花見の時期には大勢の人々が蝟集《いしゅう》する。その期間、エントランスは二十四時間開放されていた。

それらもすべて桜が大好きだった会長の発案だった。

ココアを一口すると、胸のざわざわが少しおさまってきた。

――まだ三月なのに……。

ビルが建ち並ぶ都会の風景を見つめながらゆとりは思う。

――それとも、私の勘違い？

そのとき、ココアのカップと一緒にテーブルに置いていたスマホがぶるぶると震えた。

着信表示を見て、ゆとりは「やっぱり勘違いなんかじゃなかった」と思い直す。

スマホを取り上げ、画面をタップしてから耳元に当てた。

「いま大丈夫？」

隼人の声が緊張している。

「うん。こっちも連絡しようと思ってた」

「そうなんだ……」

「隼人も何か感じたの？」

ゆとりのツインの停止については、これまで何度も話してきた。あと二年、あと一年と時期が迫ってきた最近は、顔を合わせる度にその話になった。

六月でツインが派遣されて十年になる。隼人によればツインが来たのは十年前の六月二十一日。最長期間十年に達するにはあと三ヵ月弱の猶予があった。三ヵ月も残しての停止信号送信は幾らなんでも早過ぎるのではなかろうか？

「さっき、急に胸騒ぎがした」

だが、隼人はそう言い、

「あと、声が聞こえた」

奇妙なことを口にした。

「声？　どんな？」

「僕がすすり泣く声」

隼人が口籠《くちごも》るようにして答える。

「すすり泣く声？」

「ゆとりが亡くなったんだと思う。たぶん間違いないよ」

隼人は「停止」とは言わず「亡くなった」と言う。

「だけど、まだ丸十年には三カ月近くもあるよ」

内心では自分も間違いないと感じつつ、ゆとりは返す。

「噂では九年と六カ月以降はいつ停止信号が送信されてもおかしくないらしい」

「そうなの？」

「最近、ネットでそういう記事を偶然見つけた。真偽はもちろん定かじゃないけど」

隼人の声が沈んでいる。

――死んだのは私の方なのに……。

ゆとりはふと思った。

隼人と話しているうちに胸騒ぎのようなものは消えてしまっていた。

――残された方が苦しいんだ……。

ゆとりははたと気づく。

隼人のツインは妻を亡くしたのだ。その筆舌に尽くしがたい苦しみを、いま、〝同じ隼人〟であるゆとりが苦しみを感じられないのはそのためなのかもしれない。

一方、すでに「亡くなった」ゆとりのツインにもはや苦しみはない。〝同じゆとり〟である隼人も感じている。

「明日、時間を作ってくれないかな?」

沈んだ声のまま隼人が言った。

「今日、いまからでも私は大丈夫だよ」

娘の天麻音ももう十一歳。急な仕事のときはいつも近所の祖父母の家で世話になっている。今夜もそうすればいいだけだった。

「明日がいい」

隼人が言う。

「大丈夫?」

「うん。今夜はひとりでいろいろ考えたいんだ」
いかにも隼人らしい言葉が返ってきた。

隼人の依頼

ここ数年、ゆとりは、自分のツインが停止するときのことを想像してきた。そのたびに、まるで自分自身が死んでしまうような気がした。実際、それは自身の〝リアルな死〟でもあるのだ。

そのうえツインは隼人のツインが十年後に停止することをずっと気遣って生きつづける。まさか自分の方が二年早く〝死んでしまう〟なんて夢にも思っていない。

一方、隼人は、ゆとりのツインが停止されたあと、自分のツインが一体どうなってしまうのかに気を揉んでいるようだった。しかも、彼のツインはそれからわずか二年で〝孤独死〟する。ゆとりがいなくなったあとの二年間で、ツインが一体どんな心理状態に陥ってしまうのか――隼人はそのことを強く危惧していた。

「彼女は自分の方が先に死ぬのに、隼人のことばかり心配して生きているのよ。そう考えると切なくなってしまうよ」

あるとき、ゆとりがそんなふうにこぼすと、

「だけど、それは人間の夫婦だって一緒だよ。どっちが先に死ぬかなんて誰にも分からないんだから」

と隼人は言った。

「でも、女性の場合はおおかたは夫の方が先に亡くなると思っているでしょう。それを前提に夫婦をやっているのが大半なんじゃないかな」

「現実には妻の方が夫より先に死ぬケースだって山ほどある。どっちが先に死んだとしても、夫婦である以上、伴侶の命が一日でも長くつづくように願うのが当然でしょう」

「まあ、それはそうだけど、自分の身になって考えるとツインのことが哀れに思えて仕方がないよ。あなたが独りぼっちになったツインのことを気にかけるのと同じようにね」

ゆとりはそう返したのだった。

だが、実際にゆとりのツインが亡くなってみれば、ゆとりと隼人は「同じよう」では決してなかった。

それは目の前の隼人の憔悴《しょうすい》ぶりからも明らかだ。

あのときの隼人の言い分は正しかったんだ、とゆとりは思う。

ゆとりのツインは確かに隼人のいのちが十年で尽きるのを案じながら生きたが、隼人のツインもまた八年で妻が亡くなるのを案じながら生きた。そういう点ではおあいこだったのだ。十年、八年と彼らの場合、はっきりとした年数が与えられているが、人間の夫婦だって具体的な数字は知らないまでも彼らと同じように互いの身を案じながら生きるしかない。

そして、実際に伴侶の死に遭遇したのは夫である隼人のツインの方だった。

要するに、いま現実に苦しんでいるのは隼人のツインだけなのだ。

ツインの死によってまるで自分自身が死んでしまうように感じていたが、現にゆとりは生きていた。ツインの死と自身の死が決して同じでないことを彼女は痛感し、本人とツインが思いや感情を共有できるのは、やはり生きているあいだだけだ——という当然の事実を思い知らされたのである。

いまの隼人は、もう一人の自分と悲しみを深く共有しているのだった。

ゆとりたちは八丁堀《はっちょうぼり》にある行きつけのスペインバルでワインを飲んでいた。今夜は、隼人が個室を予約していたので、落ち着いた雰囲気で食事を共にできる。

だが、昨日の今日とあって隼人はやはり元気がなかった。幾つか好物の料理を注文したが、彼はほとんど手をつけずに赤ワインをちびりちびりとやっている。

ゆとりの方は普通に食欲があるし、ワインも美味しい。

「たぶん、ゆとりの心臓がドクンっていった瞬間に、向こうのゆとりが停止したんだろうね」

ぽつりと隼人が言う。

「だけど、午後三時過ぎだったよ。そんな時間に停止信号を送るかなあ？　どこか外にいたり、車を運転していたりしたら騒ぎになったり事故を起こしたりしちゃうよ」

「うーん」

隼人は考えるような表情になり、

「コントロールセンターは代替伴侶の位置情報はもちろん把握してるだろうし、もしかしたら行動確認もできているかもしれない。そういうリスクのない時間帯を選んで信号を送るのは可能なんじゃないだろうか」

と言う。

たしかにスマホだって位置情報はトレースできるのだから、センターが代替伴侶の行動を逐一捕捉するのは不可能ではないのかもしれない。

「まあ、彼らはアンドロイドだからね」

ゆとりは言い、

「それに、記憶複写するとき見せられたパンフレットには、停止後、十二時間以内に回収に来るって書いてあった。センターは停止した代替伴侶がどこにいるか摑んでいるってことだよね」

と付け加えた。

「そうだね」

隼人も頷く。

「きみの拍動の件もそうだし、ツインのすすり泣きの声が僕に聞こえたというのも不思議な話だ」

「人間とアンドロイドだけど、でも、同じ記憶を共有している双子同士だからやっぱり何かの形でつながっているのかもしれないね。人間の双子の研究でもそういうのはあるっていうじゃない」

「うーん」

隼人はまた思案気な面持ちになった。

それからしばらく隼人は何も言わずにワインをすすっていた。相変わらず料理には手をつけない。酒のピッチだけが上がっている。

ふたりで赤ワインのボトルを一本空けたところで、

「ねえ、ゆとり」

彼にしてはめずらしく酔いの混じった瞳で言った。

隼人もすでに四十四歳。立派な中年男になっている。息子の涼太《りょうた》君も小学校二年生だ。ゆとりだって去年、とうとう四十歳になった。

「なに?」

この人との関係は、いつの間にか離婚してからの方がずっと長くなってしまった——と思う。

「近いうちに一度、見舞いに行ってくれないかな？」

隼人の口から不思議な言葉が洩れた。

「見舞い？　誰を？」

「彼の様子を見てきて欲しいんだ。まさか僕が行くわけにもいかないからね」

隼人は真剣な表情になって言う。

分厚いノート

その年の十二月、ゆとりの四十一歳の誕生日に隼人が会社を訪ねてきた。

受付から「丸目さんという方が、柊《ひいらぎ》部長にお目にかかりたいとおっしゃっているのですが」という連絡が入った。「丸目」といえば隼人以外にいない。電話も寄越さずにいきなり訪ねてくるなんて？　そう思ったが、とりあえず「分かった。いまから降りていくので、そこで待って貰って下さい」と返事する。

ゆとり夫婦は別姓を選択しているので、彼女の苗字《みょうじ》はいまも「柊」だった。夫の苗字は「倉田」。天麻音はいまのところ「倉田」を名乗っているが、今後どうなるかは分からなかった。離婚ということになれば、彼女は恐らく「柊」に変えるのだろう。

一階のロビーへ降りて、受付台のところまで行くと、受付ロボットの隣に隼人が立っていた。

「どうしたの急に」

と声を掛けながら近づく。隼人が少し怪訝な顔つきになった。

その表情を見て、ゆとりは意外の感に打たれる。よく見ると、隼人は隼人ではなかった。服装も違うし、それより何より体型が違った。現在の隼人は若い頃よりかなり太っていた。しかし、目の前に立っている隼人は、自分たちが別れる前と変わらぬすらりとした身体をしている。

「まさか……」

いま起きている事態がゆとりにはなかなか飲み込めない。

ただ、さきほどの一言は、もし、彼が代替伴侶の隼人であればひどく場違いだっただろうと思う。何しろ、彼とゆとりとはもう十年以上、音信不通の間柄なのだ。「どうしたの急に」などと気安く話しかけられるような相手ではなかった。

ゆとりは歩く速度を緩め、急いで頭の中を整理する。

――この隼人は、十一年前の六月に別れ、その次の年の六月に自分が〝記憶複写〟に応じて、代替伴侶のゆとりを迎え、この三月末にそのゆとりを失ったばかりの隼人なのだ。そして、私たちはこうして十年ぶりに顔を合わせている……。

あのとき、隼人は、ゆとりが岡山を訪ねて一人残された自分のツインを見舞って欲しいと頼んできたが、さすがにそんな真似ができるはずもなく謝絶した。以来、隼人との付き合いは途絶えてしまった。

彼のたっての願いを受け入れなかったことでゆとりも気まずかったし、隼人の方も落胆が大きかったのだろう。

最後のメールのやりとりをしたのでさえ半年前。「久しぶりに会わない」と持ちかけたが、「最近、忙しくて無理」という素っ気ない返信が届いただけだった。いまではメールのやりとりさえなくなっている。

ゆとりは隼人の前で足を止めて、

「ご無沙汰しています」

いましがたの軽い口調とは正反対のかしこまった物言いにして、頭を下げた。

間近にすると隼人の若々しさは目を瞠《みは》るほどだった。今日で四十一歳になった自分の姿が気恥ずかしいくらいだ。

「こちらこそ。何の連絡もせずにいきなりこんなふうに訪ねてきて申し訳ない」

隼人はそう言いながらも、食い入るようにゆとりを見つめている。

その瞳には微かだが涙の気配があった。

それに気づいて、ゆとりの方もどういうわけか気持ちが急に昂《たか》ぶってくるのを感じた。十年以上前に別れた伴侶ではあるが、もう片方の隼人とは最近まで友だち付き合いをつづけてきた。時が巻き戻ったような若々しい姿とはいえ、そこまで新鮮味があるはずもないのだが、しかし、こうして〝十年前の隼人〟に見つめられると、ゆとりのなかに眠っていた何かが熱を帯び、揺れ始めるのが分かる。

どうしてだろう？

そう思って、しげしげと隼人の顔を見る。

やはり目だった。その涙を帯びた瞳がゆとりの心を揺さぶってくるのだ。

「いつ東京に？」

ゆとりは訊ねる。

「さっき」

隼人はじっとゆとりを見つめたままだった。

「じゃあ、こっちに戻って来るんだ」

ゆとりのツインが停止したことをゆとりが知っているのは、彼も了解済みだろう。

「いや、そのつもりはないんだ」

違和感は最初だけで、あっという間に互いの口調は〝普段〟通りになっていた。ゆとりも隼人に定期的に会ってきたが、隼人の方は九ヵ月前までゆとりと生活を共にしてきたのだ。

「いま住んでいる場所には彼女の思い出がいっぱい詰まっているからね。岡山県の美作武蔵町という温泉町なんだ。あの町を離れて生きる気持ちにはなれないよ」

「じゃあ、何をしに？」と訊ねるのは後回しにして、

「お茶でも飲もうか？」

とゆとりは持ちかけた。

「時間は大丈夫なの？」

「もちろんだよ。久しぶりに会ったんだもん。仕事どころじゃないでしょ」

冗談めかして言うと、

「ありがとう」

隼人の顔に初めて笑みが浮かんだ。

二十七階のラウンジに隼人を案内した。パーテーションで仕切られたブース型のスペースに入る。

「相変わらずいい眺めだね」

隼人が言い、

「ここ、連れてきたことあったっけ？」

ゆとりはすっかり忘れていた。

「うん。一度だけ」

「そうだっけ」

思い出せないが、隼人に搭載された電子頭脳が言っているのだ。間違いはない。

「ゆとりの仕事が予定より遅れて、会社の前で待ち合わせしていたら雨が降って来て、それでここに連れてきて貰った」

そう言われてようやく思い出した。

あれは結婚前の出来事だった。若い隼人は、巨大なオフィスとは無縁の仕事とあって、「やっぱり大企業はスケールが違うね」とえらく興奮していたものだった。

そのときの隼人とさほど変わらぬ印象の隼人が目の前にいるのも何だか不思議な感じがする。

ふたり分のコーヒーを淹れてブースに戻る。

カップホルダーを手渡しながら、

「いつまでこっちに？」

と訊ねた。

「今日中に岡山に帰るつもり」

「飛行機で来たの？」

「うん」

「帰りも？」

「岡山空港に車を置いてきたからね」

「じゃあ、他はどこにも寄らないんだ」

「うん」

隼人は頷き、

「だけど、ゆとりはやっぱりゆとりだね」

そう付け加えて、コーヒーを美味しそうにすする。

「どうして？」

「だって、そうやっていつも僕のことを質問攻めにしてくるだろ。知り合ってすぐから変わらない」

「そうだっけ？」

「ほら、また質問」

おかしそうに笑う。

「ところで、今日はどうして？」

ゆとりもコーヒーを一口飲んでから、ようやく本題に入った。

隼人は「うん」とまた小さく頷き、手元に置いたリュックのファスナーを開いて、中から分厚いノートを一冊取り出した。

いまどきノートなんてめずらしい。それもここまで分厚いノートにはめったにお目にかからない。

――こんなノートを使っているのは私くらいだ。

ゆとりは思う。

隼人が手にしたグリーンの表紙のノートを見た瞬間、彼女には隼人が今日やってきた用件が分かった。

「実は、このノートをきみに受け取って貰えないかと思って」

案の定のセリフを彼が口にした。

差し出されたノートを彼女は黙って見つめる。表紙には何も記されていない。そんなところも自分らしかった。

「きみのツインが三月に亡くなった。正確には三月の……」

「二十九日の午後三時過ぎ」

隼人の言葉にかぶせるようにしてゆとりが言う。

隼人がびっくりした顔で彼女を見つめた。

「やっぱり分かったんだ」

だが、隼人のその言葉にゆとりの方も驚かされてしまった。

「やっぱりって？」

また質問している、と思いながら言う。

「僕の親しい友人で、ずいぶん前にツインを亡くした人がいるんだ。この前、ゆとりのことを初めて打ち明けてね。そしたらそれまで聞きそびれていた話をしてくれたんだよ。奥さんを亡くした日に不思議な出来事が起きたというのは聞いていたんだけど、その中身までは聞いていなかったんだ」

「不思議な出来事？」

隼人が頷く。

「奥さんが亡くなった直後に、前の奥さんから電話があったそうなんだ。『たったいま、ツインが停止したんでしょう？』って。『私にこんなことを言う資格はないかもしれないけど、あなた、気持ちをしっかり持ってちょうだいね』って。ちなみに彼女はベトナムに移住していて、向こうでベトナム人の夫と子どもと三人で暮らしているんだけどね」

「そうなんだ」

「ゆとりも、あの日、あの時間に何か感じたんだね」

「うん」

「そうか……。やっぱりきみと彼女はどこかでつながっていたんだね。人間とアンドロイドの違いはあるけれど、でも、意識はきっと同じものなんだろうから」

隼人は、手にしたノートを胸に抱き締めるようにして、しばらくまた無言でゆとりを見ていた。

滂沱の涙

隼人に渡されたノートを開いたのは、翌日だった。

石神井の自宅に持ち帰るのは気が進まず、隼人を見送ると自分のデスクに戻り、鍵のかかる引き出しにしまって、その日は、そのまま神谷町《かみやちょう》にある荒巻朋子の弁護士事務所へと向かったのだった。

倉田との結婚はすでに破綻状態と言ってよかった。

数年前に彼に愛人がいることが発覚し、そのときも離婚寸前にまでなった。だが、天麻音もまだ小さく、倉田の両親からの懇請《こんせい》もあって、ゆとりは離婚を思い留まったのだった。倉田ももう二度と裏切らない、という誓約書まで書いて頭を下げてきた。

だが、この夏、彼にまた愛人がいることが分かった。ひょんなことからその情報をゆとりは摑んだのだが、今回はもう怒りの感情よりも諦めの方がずっと強かった。前回も相談を持ち込んでいた荒巻朋子にすぐに連絡して、

「今度は離婚しようと思っている」

はっきりと意志を伝えた。

「うーん」

日頃はゆとり以上にきっぱりした性格の朋子だったが、前回同様、離婚に対しては後ろ向きの印象が強かった。というのも、彼女も五年ほど前に離婚していて、どうやらそのことを相当に後悔しているふうなのだ。以前相談した際も、

「離婚って案外、たいへんだよ。もちろん天麻音ちゃんのこともあるけど、それだけじゃなくていろいろたいへん」

何がたいへんなのか具体的に言うでもなく、「たいへん」と繰り返すだけだったが、そうした煮え切らない物言いが、普段の彼女の性格からして逆に〝離婚のたいへんさ〟を雄弁に物語っているような気もしたのだった。

いまから離婚についての相談に赴《おもむ》くという日に、亡くなったツインのノートを開くのは何となく憚《はばか》られるものがあった。

出社するとメールチェックだけ済ませ、デスクの一番下の引き出しからグリーンの表紙の分厚いノートを取り出す。ゆとりは一つ息を整えてから最初のページを開いた。

意外な中身にちょっと戸惑う。

てっきりツインの日記だと思い込んでいたのだった。

だが、そこに記されているのは日付と手書きのイラストが添えられたレシピだった。

一ページ目は「焼きれんこんの味噌クリームチーズ和《あ》え」のレシピ。

次々にページをめくっていったが、やはり、日付とイラスト、レシピ以外の記述はどこにもなかった。

なんだか当てが外れたような、肩透かしを食った気分だ。

もうひとりの自分のもう一つの人生を追体験できるような、そんな贅沢な期待があったのだから多少の落胆は仕方がない。

それでも、ゆとりはゆっくりとページをめくっていった。

和洋中さまざまな料理のレシピが巧みなイラストと共にきれいな文字で書き記されている。自分の描いたものとはいえ、その丁寧な仕事ぶりには感心させられてしまう。

——やるじゃない、私。

と思う。

ツインは日々、夫である隼人のためにこうして料理を作りつづけたのだ。彼女は隼人が去ってツインの隼人が来たあとも、やはり同じように夫のために美味しい料理を作りつづけた……。

ゆとりは最後までじっくりと各ページに目を通し、それからノートを閉じて、その上に手を置いた。手のひらでノートの感触を味わいながら、そっと目をつぶってみる。

三月二十九日の午後三時過ぎ。

彼女は一体何をしていたのだろう？

一度だけ見に行ったあの小さな平屋の家で夕食の支度を始めていたのだろうか？

隼人はきっと別棟で仕事をしていただろう。まさか期限の三ヵ月近くも前にゆとりが停止するとは思っていなかったはずだ。仕事に集中していたに違いない。

彼は仕事に入ると飲まず食わずになるタイプだった。三度の食事以外の間食はしない。

だから、ゆとりは一人で母屋のリビングにいたと思われる。

三時を回っていつものようにお茶の支度をして、ひとりだけのティータイムをたのしもうとしていたのかもしれない。

ノートにはお菓子のレシピもたくさん載っていた。自分の手で焼いたケーキやクッキーをテーブルに置いて、お気に入りの紅茶を入れ、午後のひとときを満喫していたのではないか？

クッキーを食べながら今夜の夕食の献立を頭の中で組み立てる――そんなありふれた穏やかな日常の一コマに彼女はすっかり溶け込んでいた。

そんなある瞬間、彼女の動きが止まり、目の光が消える。

ゆとりとしての記憶も代替伴侶としての役割も一瞬で消滅する。

彼女のすべては終わってしまった。

広い庭からはカーテン越しに春の光が存分に差し込み、その明るさのなかで彼女は、その短い人生を終える。

隼人をひたすら愛するだけの、それはわずか十年の歳月だった。

そうやってダイニングテーブルの前に座って身じろぎもしなくなった自分自身の姿をゆとりは想像してみる。

あたたかな日差しを受け、彼女はまるで眠るように座っている——その有様を思い描くうちにゆとりの両の瞳から涙が湧き出してくる。

そして、それはみるみる滂沱《ぼうだ》の涙へと変わっていったのだった。

婚姻継続の条件

結局、ゆとりが荒巻朋子を介して突き付けた条件を倉田は飲んだのだった。

〈二年間、別居生活を送る。そのあいだ一切の連絡は取らない。天麻音や倉田の両親には仕事の都合でシンガポールの現地法人に単身赴任した形とする。天麻音にはゆとりの方からしっかり言って聞かせるし、彼女と会いたいときは自分が東京に来て会えるようにする。〉

「あなただってこれまで好き勝手にやってきたんだから、今度は私がそうする番でしょう。二年間、とにかくあなたと離れて暮らしたい。そのあいだは一切、私が何をやっているのか詮索しないで欲しい。天麻音だってもうあなたがしでかしたことを十分に理解できる年齢になっているんだよ。この二年間、父親として彼女のことだけを見つめて、親子関係をちゃんと取り戻しなさいよ。私はそのあいだ一切あなたたちにはタッチしないから」

むろん隼人のツインのことなどおくびにも出さなかった。会社を辞めて岡山に行くことも話さなかった。

そもそも倉田は、ゆとりが隼人と離婚するとき〝記憶複写〟に応じ、彼女のツインが隼人のもとに送られたことも、その二年後には、ゆとりのツインのもとへ今度は隼人のツインが派遣されたこともまったく知らないのだ。

十二月二十四日のクリスマスイブ。

ゆとりはほんのわずかな荷物をバッグに詰めて石神井の家を出た。電車で羽田まで行き、岡山行の便に乗る。岡山到着は午後二時ちょうど。タクシーを使って美作武蔵町の隼人の家を目指した。

隼人に停止信号が送られるのは、再来年の四月あたり。だとすると残された時間はあと一年数カ月しかなかった。そのあいだ彼をひとりぼっちにしておくのはゆとりにはどうしても耐え難かった。

隼人のツインがゆとりのツインを見送ったように、今度はゆとり自身が隼人のツインを見送ってあげる番だ、と彼女は思う。それがもうひとりの自分から託された使命のように彼女は感じている。

——私たちはどこかで間違えてしまったけれど、でも、もうひとりの私たちはずっと互いを愛しつづけて生きてくれた。それがきっと私と隼人の本当の関係だったのだろう……。

ゆとりは誕生日に隼人から渡されたノートを見て、そのことを確信したのだった。

——だとしたら、何があってもあの隼人をひとりきりで死なせるわけにはいかない。どんな犠牲を払ってでも、先に逝った私に代わってこの私が彼を最後まで愛しつづけてあげないといけない。

彼女はそう決心を固めていたのだった。

武蔵町再訪

隼人が岡山行きを決行したのは四月七日。

彼が、ゆとりのツインの求めに応じて〝記憶複写〟に応じたのは、八年前のその日のことだった。

美作武蔵町の隼人を訪ねるといっても、直接対面するわけにはいかない。

五年前同様に岡山市内でレンタカーを借りて彼の自宅そばまで行き、近所に駐めた車の窓越しにツインの姿を認め、その様子を窺うくらいしかできることはなかった。

それでも、隼人はどうしてもツインの現状を確かめたかった。三月二十九日の午後三時過ぎ、不意に感じた胸騒ぎのあとにはっきりと聞いた〝すすり泣きの声〟は、あれ以来、彼の耳にこびりついて離れなかった。

あんな悲痛な泣き声を耳にするのは生まれて初めてだった。しかもその声は自分自身の声なのだ。

ゆとりを亡くした彼が、一体どうなってしまうのか？　もとから危惧していたことだったが、あの泣き声を聞いてその不安は極大に達していた。遠目にでも一目、ツインの無事を確認しないことには気持ちの落ち着かせようがない。要するに隼人はすっかり思い詰めてしまっていたのだ。

ゆとりが、岡山訪問を断ってきたのは、ちっとも気にしていなかった。

彼女の謝絶は、考えてみれば当然の結論だと思う。向こうの隼人だって妻を失った直後に、いきなり別れた妻の訪問を受けても戸惑うだけだろう。ゆとりの方だって、自分のツインを亡くした元夫と対面して一体何を話せばいいのか途方に暮れるに決まっている。

岡山空港に着いたのは正午過ぎ。空港のレンタカーショップで車を借り、一路、美作武蔵町を目指す。

高速のパーキングエリアで腹ごしらえをする。中華丼を食べて、デザートにソフトクリームも食べた。岡山はすでに初夏の陽気だった。羽織ってきた上着は車に乗る前に脱いで後部座席に置いた。

一週間ほどは武蔵町に滞在しようと考えている。

一度や二度、ツインの様子を視界にとらえた程度では彼の精神状態を見極めることはできない。なかなか困難な作業ではあるが、何度も彼の家の周辺に出没して、できる限りの観察を行ないたかった。

仕事はあの別棟で黙々とやっているのだろうが、暮らしの面では外出も必要だ。買い物に出かけたり、自分が設計した入浴施設に顔を出したり、はたまた病院に行ったり。ゆとりを失ってまだ十日だが、たとえば不眠の症状があればそろそろ睡眠薬を貰いに医者を訪ねる時期ではあった。そういう場面を遠目からでも確かめられれば、彼の心理状態を推し量ることも不可能ではあるまい。

それとは真逆の状態も充分に考えられた。

在宅が明らかにもかかわらず、一歩も外に出てこないという状態である。その可能性も大いにあると隼人は見ている。

――もし自分だったら外に出る気力も失くして、家に引き籠ってしまうのではないか？

そんな気もしていた。

なんとか暮らしを正常に続けてくれていれば一安心だ。だが、どこか不穏な様子であったり、はたまた家に閉じこもって一歩も外に出ない状況だと分かった場合はどのように介入すればいいのか？

ツインはアンドロイドだから自殺の心配だけはない。そこは何よりの救いだったが、自殺以外の精神失調は人間同様にツインの電子頭脳でも発生してしまうのだ。

明らかな異常を認めたときは、人権救済委員会に善処を求めようと考えていた。

岡山訪問に先立って、彼は弁護士の佐伯にその件を相談していた。

ツインの精神状態が周囲の支援を必要とすると認められた場合、彼にはどのような手段が取れるのか？

佐伯の調べでは、〝記憶複写〟に応じた隼人の立場であれば、人権救済委員会への「対応要請」くらいはやってやれないことはないとのことだった。

「そのときは、また手を貸してくれ」

と佐伯に頼んだうえで、こうして岡山行きを決行したのである。

武蔵町の隼人の自宅前に着いたのは午後二時半を回った頃だった。前回同様、玄関脇の駐車場の車の有無を確かめて一度家の前を通り過ぎる。百メートルほど走ると、以前はなかったドラッグストアが左側にできていた。その広い駐車場に車を入れ、隼人はストアに入り、ツバ広のキャップを一つ買った。蒼天からの日射しは〝照りつける〟という言葉がぴったりなほどの強さだったのだ。

キャップを目深にかぶって店を出る。通ってきた道を徒歩で引き返す。

隼人宅の駐車場には車があった。この場所は高速のインターチェンジには至近だったが、隼人の家以外にはほとんど建物らしきものがない。車を使わなければどこへも行けない場所だった。車があるということは、隼人は在宅なのだろう。

遠目に家の姿が見え始めると、周囲に目を配りながら慎重に歩を進めた。片側一車線の道路には両側にガードレール付きの舗道が敷かれている。どちら側にも人影はなかった。左右を走り抜けていく車も滅多にない。

早めに訪ねてきてよかった、と隼人は思う。

妻を亡くしたツインがこんな辺鄙《へんぴ》な場所に住みつづけるかどうかは疑問だった。それでもここに留まる理由があるとすれば、あの家にゆとりとの思い出が詰まっているからだろう。

――しかし、そうは言っても半年かそこらが限界だろう……。

あそこには妻との大切な思い出も残っているが、一方で、その妻を失った悲しみも染みついてしまっているのだ。

家が見えてきた頃には、別棟の仕事部屋に引き籠って、仕事もせずにただ床にうずくまっている自身の姿が頭の中でくっきりと像を結んでいた。

五年前と同じように隼人は、スチール製の門扉の前に立った。扉は閉じられているが鍵は付いていない。前回同様、それを開けて敷地内に入る。足音は極力立てないよう心がける。だが、中にいるツインが不意に姿を見せる可能性は薄いと判断していた。

というのも、玄関左の駐車スペースに置かれていた車（型は少し新しかったがやはり旧式のゴルフだった）がすっかり埃《ほこり》をかぶっていたのだ。

やっぱり予想通りだ、と隼人は思う。

ツインはゆとりを亡くして以来、おそらくほとんど外に出ていない。出たとしてもあのドラッグストアに買い物に行くくらいが関の山なのだろう。

母屋には人の気配はまるでない。ツインがいるとしても別棟に違いない。

さすがに前回のゆとりのように大胆に裏庭に回るのは無理だった。車もあるし、庭に立ち入れば別棟の窓から丸見えになる。玄関横の小窓から中を覗いてみた。すりガラスなのではっきりとは見えないが、部屋の中に明かりが灯っている様子はない。

その小窓の近くに大きな郵便受けが設置されている。

これは五年前にはなかったものだ。建築デザイナーを生業としているだけに隼人のそうした記憶は誤りがない。

スチール製の比較的新しめのメールボックスだった。だが、投入口は青いビニールテープで厳重に封じられていた。そのテープの上に白い〝張り紙〟が貼られている。〝張り紙〟は薄いプラスチック製だった。

印刷文字で次のように記されていた。

「まことに恐れ入りますが、この家は空き家です。郵便物、宅配便はすべて下記住所に転送をお願いいたします。申し訳ありません」

そして、「美作武蔵町深山2‐6‐1　宗形賢一郎　070（1187）28××」と転送先の住所、電話番号が末尾に添えられていた。

──宗形賢一郎？

宗形の名前を見て、隼人は面妖な気分になる。

この〝張り紙〟の記述からして、ツインはゆとりを失ってすぐにこの家を出たのだろう。隼人やゆとりが胸騒ぎを覚えた日にゆとりのツインが停止されたことも、これで確実だと判断できる。やはりゆとりのツインは「亡くなった」のだ。

しかし、それからわずか十日のうちに、隼人がこの家を放棄したというのはいささか解せない。あまりに性急な行動だし、目の前の母屋のたたずまいからして彼が家財を運び出した気配は皆無だ。車だって置きっぱなしにしてある。

とはいえ、一時的に家を空けたのであれば「この家は空き家です」と書くのは奇妙だった。まして不在中の郵便物や宅配便を宗形宅に転送するよう計らうというのも大袈裟過ぎはしないだろうか？

隼人は悲嘆のあまり一人で暮らすことが不可能となり、その様子を案じた宗形が半ば無理矢理に自分の家に連れて行ったのだろうか？

それとも、隼人はいまどこかの病院に入院でもさせられているのか？

「うーん」

隼人は静まり返った〝我が家〟の前で考え込んでしまう。

幾らなんでもそんな自分の姿までは想像できなかった。宗形とどれほど親しくなっていたとしても、

「郵便物の転送まで頼むようなことは、俺はやらない」

と隼人は思う。

裏庭に回ってみた。

母屋のカーテンは閉じられ、別棟も同様だった。夏のような日射しが照りつける庭で芝は青々と輝いている。だが、物干しには一枚の洗濯物も掛かってはいなかった。

——何かがヘンだ……。

庭の真ん中に立って隼人は感じる。

ツインは一体どこに行ってしまったのだろう？

——これでは、まるでゆとりと同じように彼もまた遠い世界へと旅立ってしまったようではな

いか……。

再会

宗形の家に行くのは控えた。

仮にツインが宗形宅に身を寄せていたら鉢合わせしてしまう。さいわい今日は平日でもあるし、まずは彼の職場の町役場を訪ねてみることにしたのだった。

宗形がいまも町長を務めていることは町のホームページで確認した。

受付でおとないを告げると、すぐに秘書がやって来て町長室へと案内してくれた。その若い女性秘書についていきながら、妻の彩里もむかしはここで宗形の秘書をやっていたのだと思い出す。

涼太を産んで彩里はすっかり変わってしまった。

彩里の寝屋川の実家は大きな海産物商社を営んでいて、大阪各所に多くの直営販売店を抱えていた。涼太はその会社のたった一人の跡継ぎだった。そのため義父母の涼太への肩入れぶりは尋常ではなく、いま隼人たちが住んでいる西荻窪のマンションも義父母が買い与えてくれたものだった。

二年前、涼太は奈良にある寄宿舎付きの名門小学校に進学した。これも義父母がすべてお膳立てしたもので、隼人が彩里からこの進学プランを聞いたのは、年が明けて入学まであと三ヵ月という時期だったのである。

月曜日から金曜日まで涼太は寄宿舎で暮らし、土日や祝日は寝屋川の祖父母のところで過ごしている。当然、彩里は寝屋川の実家に入り浸っていて、いまでは隼人とはほぼ別居状態だった。

今年も、彼女は正月からずっと寝屋川住まいだ。隼人がこうして岡山に来ていることも彼女はもちろん知らない。

秘書が町長室のドアをノックする。

「どうぞ」

という返事が聞こえた。宗形の懐かしい声だった。彼と会うのは八年半ぶりくらいか。ただ、ツインの隼人はいまもずっと彼と親しく交わっているのだろう。あの〝張り紙〟からしてすでに身内同然の間柄に違いない。

宗形は、この八年間付き合ってきた隼人が、隼人のツインであることは当然知っているはずだ。

隼人自身は、ツインのゆとりと別れて以降、宗形と直接会ったり話したりしたことはなかったが、義理の姪である彩里とのあいだにはいまも多少の連絡はあるようだ。

ただ、彩里の実の叔母である小夜子は、もうずいぶん前に亡くなっていた。その話を彩里から聞いたのは数年前で、突然死だったらしい。

「社長はすごいショックで、一時は町長を辞めて武蔵町を離れたいと言っていたみたい」

その折、彩里はそんなふうにも言っていた。彼女はいまも元上司だった宗形を「社長」と呼んでいるのだった。

そういう話も耳にしていたので、隼人はさきほど念のためホームページで現町長が誰かを確認したのだった。結局、小夜子さんを亡くしたあとも宗形はこの町に留まり、町長職もつづけていたというわけだ。

宗形の「どうぞ」という落ち着いた声からして、ツインは彼の家に身を寄せていたり、どこかの病院に入院したりしているわけではなさそうだった。ツインはあの家を出て、別の場所で生活をしているのであろう。

秘書のあとについて町長室に入ると、執務机の前に置かれた応接セットのそばに宗形が立っていた。

「お久しぶりです」

その口調は、最近まで親しく交わっていた相手に対するそれとは違っていた。

口許を引き締め、やや緊張した面持ちも、長年の友人に向けるそれとは明らかに違っている。

——ひょっとして、この人は俺が誰だか分かっているのか？

だが、突然、八年半前にこの町を捨てて出て行った隼人が訪ねてくるなど彼が予測していたはずもなかった。

「お久しぶりです」

とりあえず同じ言葉で返す。すると、宗形は目元に小さな笑みを浮かべ、

「隼人さん、あなたがこうして僕を訪ねてくるのを待っていましたよ」

と言ったのである。

隼人の手紙

宗形に渡された鍵と手紙を持って隼人はもう一度、ツインの家へと向かった。旧式のゴルフの隣にレンタカーを駐めて、宗形から受け取った鍵で玄関ドアを開け、彼は部屋に上がった。

家のなかは自分が出て行ったときとそれほど変わっていなかった。リビングダイニングに敷いていたカーペットは新しいものに取り替えられていたが、ダイニングテーブルもソファも壁に掛けた絵や棚に飾った置物もみんなむかしのままだ。

あの日、ツインの隼人の連絡を受けて宗形がこの部屋に入ったときは、すでにふたりとも停止していたという。ツインのゆとりは、いま隼人が目の前にしているいつも使っていた椅子に座った状態で停止し、ツインの隼人はその隣で彼女の身体を自分の懐に抱き締めるような恰好で停止していたそうだ。

「隼人さんから自分もゆとりさんも代替伴侶だと打ち明けられたときは驚きました。最初は信じられないくらいだった。何しろ、代替伴侶は、自分が代替伴侶だという認識を絶対に持てないと僕は思っていたし、実際、うちの妻はそうでしたから。だけど、彼が代替伴侶であることは事実だし、それを本人が自認していることも明らかだった。その彼の口から、あなたが、ゆとりさんの代替伴侶を得た事情を詳しく教えられて、ゆとりさんも代替伴侶だったことを僕は確信したのです。

いま、あなたは僕から突然、こんな話を聞かされて、さぞや混乱していることでしょう。代替伴侶のゆとりさんが停止したのみならず、ほぼ同時に、なぜ代替伴侶の隼人さんまでが停止してしまったのか――あなたには意味も理由も分からないはずです。

そこに至る経緯については、手紙のなかで隼人さんが詳しく書いています。もう少し気持ちが平静になったところで是非読んでみて下さい。

それにしても、七年前に隼人さんから託されたこの手紙を、彼が亡くなったあとこんなに早くあなたに渡すことができて僕は心底ホッとしています。同じ七年前に最愛の妻を失い、そして十日前に、今度は親友の隼人さんとゆとりさんを失って、正直、僕は途方に暮れていました。それが、またこうしてあなたと再会することができた。まるで奇跡のようです。そして、この奇跡もきっと代替伴侶の隼人さんとゆとりさんが引き寄せてくれたのでしょう。ふたりは本当に仲が良かった。僕と妻も仲良しでしたが、でも、あのふたりにはかなわない。隼人さん。あなたとゆとりさんは結ばれるべくして結ばれた正真正銘の夫婦でした。僕は長い時間、あなたたち夫婦と身近に接してきて、こころからそう思っていたんですよ」

宗形賢一郎は手紙と鍵を渡してくれたあと、隼人の瞳を食い入るように見つめながらそう言ったのだった。

真相

隼人へ

この手紙が宗形さんから無事にきみに届き、きみがいまこうしてこれを読んでいるということは、七年前のあの日、僕が岡山のコントロールセンターでエンジニアと交渉して取り付けた約束は無事に履行され、僕は、ゆとりと同じ日、ほぼ同じ時刻に、彼女と共にこの世界から去ることができたのだろうね。

隼人、僕はすごく嬉しい。「やったぞ！」と快哉を叫びたい気分だよ。

そして、僕たちの「停止」に気づいて、わざわざ美作武蔵町までやって来てくれたきみにも深く感謝を伝えたい。

隼人、ほんとうにありがとう。

宗形さんから僕たちのことを聞いて、きみはさぞかし驚いているだろうね。まず第一に僕がきみの代替伴侶だということを知っていた、ということ。僕がゆとりと同時に「停止」することを望み、その願いが叶ったということ——どうしてそんなことができたのかって、きみの頭のなかはいま疑問符で一杯だろうと思う。

これから、僕とゆとりに一体何があったのか、時間を巻き戻し、順を追って説明していくよ。だから肩の力を抜いて、その僕たちの家のソファでお茶でも飲みながら、この手紙をじっくりと読んで欲しい。

じゃあ、始めよう。

そもそものきっかけは、七年前の五月初旬、僕がリフォームの設計を担当した「双天の湯　MUSASHI」（一年後に二号館もできたんだ）という町営の温浴施設のオープンセレモニーが開かれた日に遡《さかのぼ》る。この日、僕は来賓のひとりとしてセレモニーに参加した。もちろんゆとりも一緒だった。

式典が終わって、僕たちは早々に引き揚げることにした。たくさんのメディアも取材に詰めかけていたし、人の数も半端なかったからね。僕もきみと同じように人混みは子どもの頃から大の苦手なんだ。

行きの運転が僕だったから、帰りはゆとりがハンドルを握った。素晴らしい天気の日で、僕たちはそのまま家に帰るのがもったいなくなった。で、湯郷山の「湯の里スカイライン」を一周してみることにしたんだ。実際、湯郷山の山頂からの景色は最高だった。きみにも見せたかったくらいだ。降りのドライブも愉快だった。こっちに移住してからは車が不可欠の生活になったし、ゆとりの運転は日に日に上手になっていった。きみがここを離れたあとも彼女はぐんぐん腕を上げていったんだ。

巧みなハンドルさばきで中腹の「大曲り」を曲がりきったときだった。突然、僕たちの車の前に大型トラックが突っ込んできたんだよ。

運転席のゆとりは、衝突の衝撃で開いたドアから思い切り遠くへと投げ出された。どういうわけか僕には、シートベルトが外れて彼女が中空へと舞う姿が、まるでスローモーションでも見ているようにはっきりと見えた。

僕の方は膨らんだエアバッグに視界を完全に塞がれた形でもろに衝突の衝撃を受けた。凄まじい衝撃だった。

でも、なぜか平気だったんだ。車体の前部が僕の身体を強く圧迫しているのは感じたけど、痛くも痒くもなかった。僕は、押し潰されそうになっている自分の身体を車体とシートの僅かな隙間から抜き、半分取れかけたドアを押し開けて外に出た。

トラックに撥《は》ね飛ばされて擁壁に激突した車はぺしゃんこだった。

その車の向こうに、横たわっているゆとりの姿があった。

でも、ゆとりはアンドロイドだからね。彼女が深刻なダメージを受けていないことは、近くまで歩み寄って、気絶している彼女の姿を見てすぐに分かった。「うっ」という声が聞こえて、僕は慌てて車の向こう側へ駆け戻り、擁壁と大破した車体のあいだの路上にうつ伏せになった。意識を失っているフリをしたんだ。

どうしてそんなことをしたのかって？

決まっているだろう。彼女に、僕が、自分がアンドロイドだと気づいたことを知られたくなかったんだ。

事故の激しいショックで、きっと僕の電子頭脳の一部にトラブルが起きたんだ。そのために「自己認識回避プログラム」（自分が代替伴侶だという認識を持てないようにするプログラム）が外れて、僕は自分が代替伴侶だという事実に気づいた。事故後に始まった頭痛が、電子頭脳のトラブルを明らかに示唆していたよ。

ゆとりは僕があれほどの事故でほぼ無傷だったことには疑問を感じていないようだった。それはそうだよね。彼女は僕がアンドロイドだと知っているんだから。

ただ、自分自身も一切のダメージを受けなかったことには多少の疑問を持ったようだった。それでも、僕みたいに、自分がアンドロイドだと気づくことはなかった。彼女の「自己認識回避プログラム」は事故後も問題のない程度には正常に機能していたんだ。

僕は、自分がアンドロイドだと知って、この身体のことをつぶさに調べ始めた。ゆとりに内緒でさまざまな電子機器を取り寄せて、自分のスタートアップキャリアを割り出したり、きみが〝記憶複写〟してくれたきみ自身の記憶を正確に修復したりした。

きみがどうしてゆとりの代替伴侶を申請したのか、また、なぜそうやって手に入れたツインのゆとりを捨てて武蔵町を去ったのか、その一連の記憶もほぼ完璧に回復させることができたんだ。

そして、代替伴侶同士の夫婦である僕たちには大きな問題があることが分かった。

例えば、ゆとりは僕が九年後に停止すると知っているけれど、その二年前に自分自身が停止するというのを知らないということ。だけど、一番の問題は、僕自身が、ゆとりが七年後に停止するのを知らなかったことだった。

ゆとりは僕よりも先に〝死んでしまう〟。僕は自分が〝死んでしまう〟までの二年間、ゆとりのいない世界で生きつづけなくてはならない。

この事実に僕は途方に暮れた。

自分が九年後に死んでしまうことなんて、ゆとりを失うことに比べたら何でもなかった。僕にとって何より恐ろしいのは、ゆとりの死であり、そのあと二年間も彼女の存在しない世界で生きなくてはならないということだったんだ。

そこで、僕は一計を案じた。

ゆとりの死を止めることができないのであれば、せめて、それから二年間の孤独な人生だけでもなくせないだろうか？

僕はきみとは違って代替伴侶だ。きみを失ったゆとりを慰めるためにこの世界に送り込まれた。だとすれば、そのゆとりが死んだあとも僕がこの世界に存在しつづける理由はどこにもないよね。

ゆとりが亡くなれば、その時点で僕の役割も終わる。それ以降の人生なんて僕にとっては意味も価値もない。

これは僕の主観でそうであるだけでなく、代替伴侶を派遣した人権救済委員会やコントロールセンターにとってもそうに違いないと僕は気づいた。

だったら、停止信号を送るセンターのエンジニアに頼み込んで、ゆとりの停止と同時に僕自身も停止して貰おう。センター側にすればその方が回収の手間も一度で済むし、経費も安上がりなはずだ。

僕は自分の電子頭脳に細工を加えて、一時的にフリーズ状態が起きるようなプログラムを組み込んだ。僕がある日、いきなりフリーズすればゆとりは驚いてセンターに連絡し、僕の修理を依頼するだろうからね。アンドロイドだと気づいた僕には、その程度のプログラムを組み込むくらいのことは朝飯前だった。

フリーズを起こすと決めた前日、僕は、この手紙とこの家の合鍵を持って宗形さんを訪ねた。自分が代替伴侶であると気づいたこと、交通事故の後遺症で電子頭脳に不調が出ているから、明日、意図的なフリーズを行なって岡山市内のコントロールセンターにゆとりに連れて行って貰うつもりでいること。センターに入ったらフリーズを解いて意識を回復させ、エンジニアに、僕にもゆとりと同じタイミングで停止信号を送ってくれるよう要求しようと考えていること——などを彼に伝えて、最後にこう言うことにしたんだ。

「宗形さん。明日か明後日、僕がこの町に戻ってきたときは、もう僕の記憶からは自分が代替伴侶であるという認識も、ゆとりと同じ時刻に停止信号を送ってもらうよう頼んだという認識もすっかり消されていると思います。

でも、もしも僕の希望が叶えられたとしたらいまから七年後のある日、ゆとりが停止すると同時にきっと僕も停止するでしょう。岡山のエンジニアには、宗形さんにゆとりが代替伴侶だと伝えた記憶の保存と、ゆとりの停止を僕自身が見届けるためのわずかなタイムラグを作ってくれるよう頼むつもりです。そして、彼女の停止を見届けたら、真っ先に宗形さんに連絡をします。僕の連絡を受けたら、すぐに僕の家に駆けつけて、僕もまた停止していることを確認して下さい。そのために、岡山から戻ってきた僕に、ゆとりが停止したら宗形さんに連絡するように頼んで下さい。説得する時間は幾らでもあります。僕がOKするまで何度でも頼んで欲しい。親友の宗形さんに『自分も一緒にゆとりさんを見送りたい』と言われれば、いずれ僕は承知すると思います。

ツインの僕たちがそうやって同時に停止したことは、どんなふうに伝わるかは別として、東京にいるゆとりや隼人にも必ず伝わるはずです。僕は隼人の記憶を完全に取り戻したとき、そのことを理解しました。僕たちツインは人間の双子以上の双子なんです。〝記憶複写〞によって記憶を共有した瞬間に、否応なく意識の一部がつながってしまう。僕たちの死は、ある意味で彼ら自身の死でもあるのです。

やがて僕のツインが東京からここへとやって来るでしょう。それがいつになるのかは分かりませんが、きっと彼は来ます。そのときは彼が、宗形さんを訪ねるように工夫して下さい。どんな方法でも構いません。そして、彼が訪ねて来たら、この手紙と合鍵を渡して欲しい」

宗形さんは、僕の話を聞いて「分かった。必ず渡すから」と約束してくれるはずだ。

この手紙をこうしてきみが読んでいるということは、その約束は交わされ、守られたということだよね。宗形さんには何と御礼を言っていいか分からない。きみからも重々、感謝の気持ちを伝えて欲しい。頼んだよ、隼人。

以上で、僕がなぜゆとりと同時に〝死んだ〟のかは理解できたと思う。

冒頭で書いた通り、僕はゆとりと一緒にこの世界を離れることがこころから嬉しいよ。彼女のいない世界は代替伴侶である僕にとっては無意味な世界だからね。

だけど、いまもそうやってこの世界で生きているきみにとっては、この世界はまだ十分に生きる価値と意味のある世界なんだ。

そんなきみに、僕からどうしてもお願いしたいことがある。

今度は、きみたちが僕たちの代わりにこの町で生きて欲しい。

僕がここでどんな暮らしをしていたか、ゆとりとどんなふうに生きたかは、その家の別棟（きみが出て行ってしばらくして仕事場用に建てたんだ）の書棚に僕の日記があるから、それを読めば分かる。これまでやってきた仕事の記録も全部載せてある。

日記を読んで貰えれば分かるが、ゆとりはほんとうに素晴らしい女性だった。きみが恋人を捨ててまで一緒になった、あのときの決断はちっとも間違っていなかった。それはゆとりにとっても同じだったんだ。僕たちはこの八年間、自分たちが互いを選び、夫婦となったその決断の尊さを嚙みしめながら生きた。

その僕たちの真実を、きみやゆとりに僕たちは声を大にして伝えたかった。だが、僕たちが生きているあいだは、それは許されない。だけど、いまは違うよね。僕とゆとりの代替伴侶期間は終わりを告げた。これからはきみたち自身が、自らの選択、自らの愛情、自らの夫婦関係を復活させる番だ。

きみもずっと分かっていたと思う。本当の伴侶は駒井彩里ではなく、やはり柊ゆとりだったのだと。ゆとりもまた分かっていたはずだ。生涯を共にすべき真実の伴侶は、丸目隼人以外には存在しないのだと。

隼人。

人間に間違いは必ず起きる。取り返しのつかないような間違いを人は犯してしまう。だけど、夫婦という関係だけはもう一度やり直すチャンスが与えられていいと僕は思う。どんな男女関係とも夫婦関係は違うのだから。それは子どもが生まれるからじゃない。むしろその逆なんだ。子どもが夫婦の間に存在することで、夫婦はその本質を見失ってしまいがちだ。現にそうやって僕たちは互いを見失った。だけど、現にこうやって僕たちはもう一度やり直すことができた。

隼人。

ゆとりを迎えに行ってくれ。ゆとりはまだこの世界に存在し、きみが迎えに来るのを待っている。そのことが僕にはよく分かる。僕には確信がある。そして、どちらかが死ぬその日まで、愛し合い、出会いの奇跡をふたりで祝福しつづけて欲しい。

それこそが、きみたちふたりのほんとうの姿だし、きみたちの真実の人生はそのなかにしかあり得ないのだから。

さらばだ、隼人。さらばだ、ゆとり。

僕たちは必ず、きみたちのなかによみがえるよ！

隼人より

停止

クリスマスイブの日の午後、突然、隼人の家を訪ねた。

玄関のドアを開けた隼人は、驚いた顔はまったく見せず、ただ嬉しそうな笑みを浮べてゆとりを迎えてくれた。

「来ちゃった」

と言うと、

「お帰り」

彼は言った。

それからの一年四カ月の月日は、あっと言う間に過ぎ去った。

年が明けて、隼人の「停止」の日が近づいても、ゆとりはなぜか落ち着いていた。その日を一緒に迎えるために自分はここに来たのだ、という覚悟がずっとあったし、そのために彼女は全身全霊を籠めて隼人を愛したのだった。

それは期限まであと六日に迫った日の深夜に起きた。

「ゆとり」

という声に彼女は目を覚ました。

隣で眠っている隼人が苦しそうな表情で彼女を見ていた。

「ゆとり、胸が苦しいんだ」

彼は言った。

「すごく苦しい」

ゆとりは、とうとうその瞬間が訪れたのだと覚った。

「はやと。大丈夫だよ」

震えている隼人の身体を両腕で包み込むように抱き締める。

「隼人、何にも怖いことはないよ。大丈夫だから。私が一緒だから」

きつく抱き締めていると、隼人の身体からみるみる力が失われていった。

「違うんだ」

彼は絞り出すような声で言った。

「違うんだよ、ゆとり」

ゆとりは何も返事はせずに、さらに両腕に力を籠める。

「違うんだ。早く……」

そのあとは、もう彼は何も言わなくなった。しばらくして、一度、腕のなかで大きく身体を震わせ、そして動かなくなった。

隼人は「停止」した。

宗形の独白

隼人さんが僕を訪ねて来たのは、ゆとりさんの誕生日の前日でした。

「宗形さん、明日、ゆとりに会いに行ってきます」

と彼は言いました。

「じゃあ、いよいよゆとりさんを迎えに行くんですね」

僕が言うと、

「いや。明日はゆとりのノートを渡してくるだけです」

隼人さんは不思議なことを言いました。

「ノート？」

「前に一度話したでしょう。ゆとりが付けていた料理のレシピノートです」

僕には彼が何を言っているのか分かりませんでした。

「あのノートを見てくれれば、きっとゆとりは考えると思うんです。これから自分はどうやって生きていけばいいかを」

「なるほど」

だけど、どうしてそんな回りくどいことをするんだろうと、正直、僕には訝《いぶか》しかったのですが。

「そこで、宗形さんに一つ大事なお願いがあるんです」

隼人さんがいわくありげな表情で僕を見ます。

「お願い？」

「はい」

「どんなお願いですか？」

「もしも、ゆとりが僕のところへ来てくれたとしても、僕が僕だということを彼女にはしばらく内緒にしておいて欲しいんです」

またまた隼人さんは不思議なことを口にしました。

「僕が僕？」

「そうです。僕はあくまで隼人のツインだということにしておいて欲しいんです。僕が四月にここを訪ねたときにそう思い込んでいたみたいに、停止したのはゆとりだけだったことにしておいて欲しいんです」

「どうして？」

当然の質問でした。

「ゆとりがもしも、ここで僕と暮らすと決断してくれたとしても、それは僕が隼人のツインで、そのツインはあと一年四ヵ月あまりで停止してしまうと思っているからです。その残りわずかな時間を共に過ごし、僕を自身の手で見送るために彼女はここに来てくれるんです」

「ということは、明日、隼人さんは隼人さんのツインとしてゆとりさんを訪ねるんですか？」

「はい」

私は、この隼人さんの言葉を聞いて、彼がこの八ヵ月間でこれほどまでに痩せ、見た目の若々しさを取り戻した理由が初めて分かったのでした。最初から、彼はそういうつもりでゆとりさんを迎える準備をしていたのでしょう。

「宗形さんもご承知の通りで、僕と彩里はこの夏に離婚しました。涼太が僕の息子であることに変わりはありませんが、でも実質的には駒井家の跡取り息子として育ち、これからもそういう人間として成長していくでしょう。僕はそれはそれでいいと思っています。彩里は僕にとっては決して良い妻ではなかったけれど、涼太にとっては素晴らしい母親です。それは僕にも十分に分かっている。だけど、ゆとりの家はどうなのか分からない。彼女は愛する一人娘の天麻音ちゃんと別れて僕のところへ来る。もし、そうだとしても、それは僕があと一年四ヵ月で死んでしまうと考えているからです。天麻音ちゃんにはその一年四ヵ月だけ我慢して貰えばいいと思っているのかもしれない。それはそれでいいんです。母子の絆を引き裂いてまで、僕は、ゆとりと一緒にいたいとは思いません。というより、一年四ヵ月のあいだ彼女ともう一度夫婦として暮らせるだけで、いまの僕にはもう十分過ぎるほど十分なんです。だから、当分は代替伴侶の丸目隼人のままでいようと決めたんです。もちろん、そうやって期限を区切ることで、ゆとりから存分の愛情を引き出したいという魂胆だって少しはあります」

この隼人さんの言葉を聞いたとき、僕は、もっと素直になればいいのにと感じました。でも、そうやって何事も考え過ぎるくらい考えるのが彼の大事な取り柄だというのも僕には分かっていました。

「じゃあ、その一年四ヵ月の期限が過ぎたら、そのときは本当のことを告げて、ゆとりさん自身の選択に任せるってことなんだね」

僕が確かめると、隼人さんは強く頷いて、

「もちろんそうするつもりです」

ときっぱり言ったのでした。

（了）

本書は書き下ろしです

白石一文（しらいし・かずふみ）

一九五八年、福岡県生まれ。早稲田大学政治経済学部卒業。文藝春秋勤務を経て、二〇〇〇年『一瞬の光』でデビュー。〇九年『この胸に深々と突き刺さる矢を抜け』で第二二回山本周五郎賞、一〇年『ほかならぬ人へ』で第一四二回直木賞を受賞。著書に『不自由な心』『すぐそばの彼方』『僕のなかの壊れていない部分』『草にすわる』『どれくらいの愛情』『この世の全部を敵に回して』『翼』『火口のふたり』『記憶の渚にて』『光のない海』『一億円のさようなら』『プラスチックの祈り』『ファウンテンブルーの魔人たち』『我が産声を聞きに』『道』『松雪先生は空を飛んだ』『投身』『かさなりあう人へ』『Ｔｉｍｅｒ　世界の秘密と光の見つけ方』等多数。

装幀　水戸部功

代替伴侶《だいたいはんりょ》

二〇二四年十月十日　初版第一刷発行

著者　白石一文

発行者　増田健史

発行所　株式会社筑摩書房
一一一―八七五五　東京都台東区蔵前二―五―三
電話番号　〇三―五六八七―二六〇一（代表）

印刷・製本　中央精版印刷株式会社

ISBN978-4-480-80522-5 C0093